KB003867

김성원(대림성모병원 원장)

대림성모병원 유방센터를 이끄는 김성원 원장은 유방암 분야의 '명의'이자 유전성 유방암의 국내 최고 권위자다. 세계 3대 암센터 중 하나인 메모리얼 슬론-캐터링 암센터에서 유전성 유방암을 연구했고 국내에서는 '한국인 유전성 유방암 연구'의 총괄 책임을 맡으며 국내 환자에 맞춘 유방암 돌연변이 유전자 계산기 개발, 한국인 유전성 유방암 환자를 위한 진료 가이드라인을 제시하는 등 유전성 유방암 치료 분야 구축에 앞장서 왔다. 그는 서울대학교 의과대학을 졸업, 서울대학교병원 및 분당서울대학교병원 유방센터장을 거쳐, 현재 대림성모병원 병원장/유방센터장을 역임하고 있다. 더불어 한국유방암학회 대외협력이사, 한국유방건강재단 이사, 한국인 유전성 유방암 연구 총괄 책임연구자, 아시아 유전성 유방암 컨소시엄 대표로 다방면에서 학술 활동을 펼치고 있다. 유방암 치료에 특화된 대림성모병원은 성형외과 전문의와 정신과 의료진은 물론 영상의학과, 혈액종양내과, 산부인과 등 대학병원 출신 의료진으로 구성되어 있다. 대림성모병원 유방센터 의료진은 대학병원과 마찬가지로 매주 컨퍼런스를 열어 모든 수술 환자의 상태와 진료 검사 기록을 세세히 파악하는 등 환자 개인별 맞춤 치료 방법을 논의한다. 유방 재건, 암 환자의 우울증 치료까지 다학제적 의료 서비스를 제공하기 위한 '드림팀'이라 할 만하다.

✳ 이 책의 수익금은 전액 유전성 유방암 환우를 위해 기부됩니다.

✳ 유방암 혹은 유전성 유방암 등 관련 궁금한 사항은 카카오톡 플러스친구 [대림성모병원 행복한 유방센터]로 문의해주시면 작가가 실시간으로 답변 해드립니다.

핑크 리본 디자인: 지알원/GR1 (그라피티 아티스트)

GR1은 1999년부터 활동해온 그라피티, 스트리트 아티스트로, 이태원이나 홍대 거리에서 자주 보이는 '지알원 왔다감'이라는 스티커의 주인공이다. 덕분에 많은 이들의 궁금증을 유발하고 있는 인물이지만 사실 2003년부터 한국을 비롯해 미국, 홍콩 등 많은 곳에서 라이브 페인팅, 프로젝트, 단체전 에 꾸준히 참여한 작가다.

시시포스의 후손들

**유방암 전문의 김성원(대림성모병원 원장)
현장 의학 소설**

gasse·가쎄

차례

그리스 신화에 나오는 '시시포스'는 속임수에 능하고 교활하기가 그지없었다. 그는 제우스의 분노를 사서 저승으로 보내졌고, 신들을 기만한 죄로 무거운 바위를 산 정상으로 밀어 올리는 형벌에 처했다고 한다. 바위는 정상에 다다르면 다시 아래로 굴러떨어졌고, 시시포스는 바위를 밀어 올리는 영원한 형벌을 되풀이하였다고 한다. 신들이 시시포스에게 내린 진정한 형벌은 그것이 슬픈 '운명'인 것을 알면서도 끊임없이 그 일을 반복해야 한다는 사실이다.

"환자분께 좋지 않은 소식입니다. 유방암으로 진단이 됐습니다."

"…… 아니에요 선생님! 오히려 후련하네요."

몇 해 전 환자와 나눈 대화의 일부이다. 이 환자가 후련하다고 표현한 이유는 언젠가 본인이 유방암에 걸릴 것이라는 '운명'을 잘 알고 있었기 때문이다. 이분은 유방암 유전자인 BRCA(브라카) 유전자에 돌연변이가 있던 환자였다. 그녀는 유방암과 난소암에 걸릴 위험을 잘 알고 있었지만 유방이나 난소를 예방적으로 제거하는 것에는 엄두를 내지 못했다. 다만 수년간 유방암에 걸리지 않을까 걱정하며 검진만 해오고 있었다. 본인의 '운명'을 잘 알고 있었기에 암이 발병했을 때 슬픔보다 오히려 올 것이 왔다는 후련함이 더 컸다고 이야기했던 것이다.

브라카 유전자에 돌연변이가 있는 환자들은 언젠가 유방암이나 난소암이 찾아올 것이라는 운명을 잘 알고 있으면서도 그 운명을 바꾸기 위해 어떤 행동도 하지 않는 환자들을 많이 보아왔다. 심지어 가족력이 많은 환자임에도 불구하고, 차라리 모르고 사는 것이 더 마음이 편할 것 같다는 이유로 검사를 하지 않는 환자마저 있다. 또 유전자 검사가 양성으로 나타나도 가족과 딸에게 괜한 불안과 걱정을 끼치고 싶지는 않다는 이야기들도 적지 않았다.

하지만 우리에게는 유방암이나 난소암에 걸릴 '운명'을 바꿀 수 있는 여러 가지 방법이 있다. 이 방법들을 연구하고 환자들에게 설명하고 상담한 지가 벌써 20년이 지났다. 하지만 아직도 도처에 어려움이 있다.

2007년 전국적인 규모로 진행된 '한국인 유전성 유방암 연구'를 시작하면서 많은 의사와 환자들의 관심을 끌기 시작했다. 당시만 해도 유전자 검사 결과 때문에 가족이 패가망신할 수도 있다는 이유를 들며 유전자 검사를 권하지 않는 유방암 전문의들도 있었다. 환자들에게 아무리 많은 시간과 정성을 들여 설명해도 그 뜻이 잘 전달되지 않는 경우가 많았다. 우리나라의 경우 매년 1,000명 이상 유전적인 원인으로 유방암이 발병하고 있기에 만약 이분들의 상태를 미리 알 수 있다면 암을 예방할 수도 있는 것이다. 그렇기 때문에 전문의로서 아쉬움과 죄책감을 늘 가지고 있었다.

고민을 거듭하던 차에 2013년 12월, 유전성 유방암과 관련한 의학 소설을 쓰기로 마음먹었다. 직업적으로 글을 쓰는 사람이 아니기에, 또 어려운 내용을 전달해야 하기에 더욱더 어려웠던 것 같다. 소설의 형식을 빌려 오긴 했지만, 환우들과 함께 아파하고 치료하며 겪은 일들을 의학 정보와 함께 알기 쉽게 정리했으므로 치료 안내서라고 말해도 되겠다.

소설에 등장하는 인물의 이야기가 혹시 본인의 이야기일 수도 있다는 생각이 드는 환자분들도 있을 것이기에, 그분들에게 상처가 되지 않기를 바라며 글을 쓰느라 더 어려움이 컸던 것 같다.

2015년 초고를 정리하며, 나는 브라카 유전자의 변이를 갖고 있는 여러 환우분께 먼저 글을 읽게 하고 코멘트를 부탁했었다. 그중 기억에 남는 환우 한 분의 코멘트를 소개하며 작가의 말을 마칠까 한다.

선생님,
133페이지의 글인데 컴에 앉아 한 번에 읽어 내려갔습니다. 우리들의 얘기인지라~

소설의 형식을 통해서 접하게 되는 내용들이지만 흡사 자신의 과거 상황들과 겹치고 공감되는 부분들로 가슴 무거운 전이의 감정이 생겼습니다. 글의 시작과 함께 떠오르는 지난 기억들이 있네요. 상황마다 상세히 글로 설명해주시는 의학적 사실들이 나침반의 역할을 합니다. 게다가 글 속의 쌤의 따뜻한 마음이 독자인 저를 위로해주네요^^. 버겁긴 하지만 환우들이 지고 갈 짐은 부인할 수 없는 사실이니까요! 글을 다 읽고 나니 맘이 한결 가벼워졌습니다. 차마 두려워서 물어보지 못했던 내용들 ㅜㅜ,

듣고서도 무슨 말을 들었는지 생각도 안 나는 시간들 속에서.... 치료의 과정을 이해하고 계획하는 데 도움이 될 것 같습니다.

설정이지만 글 속에서 가족을 두 명이나 하늘나라로 보내고, 오빠까지 발병한 성숙 씨가 얼마나 힘겨웠을지 ㅜㅜ, 돌연변이를 가진 저로서는 작가(?)에게 조금 화가 나네요. ㅋㅋ. 엄마와 이모의 투병을 지켜보면서 유방절제와 난소절제 수술을 한 앤젤리나 졸리의 마음이 이해가 되기도 하고....

책 속의 급박한 상황들로 인해 의학적인 지식들에 더욱 호기심을 가지게 되네요. 일반인들이 이 책을 읽는다면 BRCA 돌연변이 유전자에 대한 이해도가 높아지겠지만 편견이 생길 것도 같습니다. BRCA 돌연변이를 가진 환우들과 유방암 환우들에게 선생님의 책이 도움이 될 것입니다.

바쁘신 중에 책을 쓰신 김성원 쌤 존경스럽고, 넘*^^* 감사드립니다.

2015. 5. 4. Y

그녀는 이 편지를 보낸 후 몇 달 뒤에 유방암이 재발하였고, 재발 후 3년의 투병 기간을 끝으로 2018년 여름 안타깝게 생을 마감하였다. 늘 당당한 모습으로 유방암과 맞서 싸웠던 Y 님을

추모하는 의미로 그녀의 49번째 생일에 이 책을 출판한다.
부디 하늘나라에서도 편안하게 잠드시기를...

2019년 8월

대림성모병원 원장 김성원

1장

가슴속 멍울이 잡히다

봄이라서 그런가? 딸애를 어린이집에 보내놓고 봄맞이 대청소를 요란스럽게 했더니 몸이 찌뿌둥하다. 얼마 전 집 앞 건물에 새로 생긴 사우나가 생각났다. 그곳 때밀이 아주머니 마사지 솜씨가 보통이 아니라는 소문도 있고 해서 오랜만에 목욕탕을 찾았다.

아니나 다를까, 아주머니 솜씨가 장난이 아니었다. 마치 아이를 대하듯 때수건으로 몸 구석구석을 정성스럽게 밀었다. 마사지 솜씨 또한 예술이었다. 목욕을 마치고 수고비를 건네는데 아주머니가 내게 조심스레 말을 건넨다.

"애기 엄마, 내가 이 일을 10년 넘게 해서 반쯤 도사 소릴 듣는데…… 아까 오른쪽 가슴에 뭔가 만져지더라. 병원에 한 번 가 봐요."

얼마 전 뭔가 만져졌던 그 자리였다. 그날 이후 생리가 끝날 때마다 세심하게 만져보곤 했었는데 별다른 느낌이 없어 이번 달에도 그냥 지나치고 말았다.

유방 검진을 한 지도 얼마 지나지 않아 무시하려고 했는데, 아주머니의 말이 뇌리에서 떠나질 않는다.

"내가 병원 가보라고 한 사람들 중에 암 진단받은 사람 몇 명 되거든……."

며칠을 불안하게 지내다 결국 근처에 사는 작은언니를 불러 함께 병원을 찾았다.

"검사한 지 얼마 안 된 것 같은데, 설마 제가 보고 싶어 온 건 아닐 테고."

환자들 사이에서 '신의 손'으로 칭송받고 있는 의사이지만 내 가족의 상처를 잘 아는 사람이기에 자주 보고 싶은 얼굴은 아니다. 그런 마음을 아는지 늘 농담으로 분위기를 누그러뜨리곤 한다. 얼마 전 가슴에 뭔가 만져졌던 것부터 목욕탕 사건까지 병원을 찾게 된 이유를 자세히 이야기했다.

"생리 끝났다고 했지요?"

"네!"

의사는 이곳저곳 검진을 하더니 조직검사 등 추가적인 검사를 좀 더 해보자고 한다. 조금 전까지와는 다른, 평소 같지 않은 의사의 표정을 보자 왠지 모르게 불안이 엄습해 왔다.

멍울이 만져질 땐 전문의 검진받아라

폐경 전 여성의 유방은 생리 주기에 따라 크기 변화를 반복하게 됩니다. 생리를 시작하기 직전에 가슴이 가장 커져 있으며 생리를 시작하면서 점차 작아지게 됩니다. 그러므로 생리 직전에 가슴을 만지면 유방 조직이 울퉁불퉁하게 만져지는 경우가 흔합니다. 30세 이상의 여성은 생리 시작 후 3~7일 사이에 자가 검진을, 폐경이 된 여성은 일정한 날짜를 정해서 자가 검진을 하는 것이 중요합니다. 자가 검진 시 통증을 동반하지 않는 멍울, 피부의 함몰 및 피부 변화, 유두의 분비물, 그리고 겨드랑이와 쇄골 주변에서 덩어리가 만져질 때는 반드시 전문의의 검진을 받아야 합니다.

2장

암, 삶을 암담하게 만드는 병명

연달아 세 번째 울리는 전화기, 아침 밥상머리에서 평소 같지 않게 침울했던 나를 걱정하고 있을 남편의 전화일 것이다. 남편에게 유방 검사에 대한 얘기를 하지는 않았다. 어쩌면 그래서 더 평소와 다른 나를 걱정하고 있을지도 모르겠다.

'청소기 돌리느라 전화벨 소릴 못 들었네. 미안해.'

음성과 함께 문자를 남겼다.

걱정 섞인 남편 목소리를 들으면 애써 참고 있던 눈물이 왈칵 터질 것만 같았다. 굳이 유방암이 의심된다는 얘기, 이미 조직검사를 하고 결과를 기다리고 있다는 얘기를 하고 싶지 않았다.

확실한 결과가 나오면 그때 얘기해도 늦진 않을 것이다. 아니 이미 늦었는지도 모를 일이다.

남편에게는 늘 미안한 마음뿐이다. 집안 문제로 어렵고 힘든 시기에 내 옆을 지켜주었고 그 와중에 나와 결혼도 했다. 그런 남편에게 더 이상 마음의 짐이나 걱정 같은 걸 얹어주고 싶지 않았다. 그런데 자꾸만 내가 짐이 될 것 같은 기분이 드는 건 왜일까?

얼마 전, 망막색소변성증으로 시력을 잃은 한 개그맨이 TV 쇼에 출연한 적이 있다. 병을 진단받고 힘들었던 순간이 말할 수 없이 많았지만 그를 가장 힘들게 했던 건 앞으로 차츰 시력을 잃게 될 것이라는 사실이었다고 한다. 얼마 남지 않은 시력으로 손에 잡히는 뾰족한 것을 눈에 가져다 대며 '찌르면 포도송이처럼 터지겠구나' 하는 생각을 여러 번 했다고 말했다. 그렇게라도 앞당겨 시력을 잃고 싶었다고.

매도 먼저 맞는 게 낫다는 말은 이런 상황에서 쓰는 말인 것 같다. 지금 내 상황도 별반 다르지 않다. 아무도 나에게 암이라고 말하지 않았고 검사 결과도 아직 나오지 않았지만 나는 이미 지쳐 있고 마음은 벌써 말기 암 환자 병동에 누워 있다. 단언하건대, 내 상상력이 이렇게까지 풍부했던 적은 단 한 번도 없었다.

유방암 진단 방법

유방 X-선 촬영

맘모그램이라 부르며 가슴을 위아래로, 좌우로 납작하게 눌러 찍는 검사법입니다. 가슴을 꽉 누를수록 질 좋은 영상을 얻을 수 있기 때문에 심한 통증을 유발할 수 있습니다. 검사 후 석회화가 발견되는 경우가 흔한데 석회화가 있다고 해서 모두 암은 아니며, 모양과 분포 등을 보고 추가 조직검사 여부를 판단합니다.

유방 초음파

손으로 만져지는 혹이나 맘모그램에서 혹으로 의심되는 부위에 대한 추가 검사 시 사용됩니다. 혹이 물혹인지 또는 속이 꽉 차 있는 혹인지, 모양, 크기, 경계 등을 종합해서 악성 여부를 판단하게 됩니다.

3장

의사의 슬픈 예감

내 마음을 대변이라도 하듯 아침부터 비가 내린다.

오늘 그녀에게 어떻게 검진 결과를 전해야 할지, 외래 시간이 다가오면서 마음이 점점 무거워진다. 지난 몇 년 동안 그녀의 가족이 겪어야 했던 고통을 모르지 않기 때문이다.

"홍성숙 씨, 결과가 암으로 나왔어요."

환자와 의사 모두에게 가장 잔인한 순간이다. 보통은 '결과가 좋지 않네요.'라고 말하지만 왠지 그런 말은 그녀에게 더 심각한 상황을 떠올리게 할 것 같아 있는 그대로 직접적인 표현을 선택했다.

"네."

예상했다는 듯 그녀의 대답은 짧았다.

"침윤성 유관암이에요. 유방암 중 가장 흔한 유형이죠. 치료 잘 안 되는 나쁜 녀석들도 있는데, 이놈은 그렇진 않아요."

"네."

그녀는 내 눈을 제대로 마주치지 못한다.

"초음파 결과를 보면 겨드랑이 림프절에는 이상이 있어 보이지 않아요. 다른 곳에 전이되었는지는 몇 가지 검사를 더 해 봐야 알 수 있어요. 그때까지 같이 보고 수술 방법은 결정할게요. 오늘은 우선 수술 일정부터 잡고 가세요. 추가로 해야 하는 검사에 대해서는 밖에서 자세하게 설명 드릴 거예요. 힘들겠지만 필요한 검사니까 꼭 하고 가세요."

늘 씩씩했던 그녀였는데 두 눈 가득 눈물이 차고 넘치더니 이내 어깨가 들썩거린다.

의사인 나는 더 이상 아무 말도 할 수가 없어 잠시 그녀의 어깨를 꽉 잡아주었다.

유방암 확진 방법

맘모그램, 초음파, MRI 등의 영상 검사들은 모두 유방에 어떤 혹이 있는지를 검사하는 방법입니다. 하지만 양성인지 악성(유방암)인지 확인하기 위해서는 아래와 같은 검사가 필요합니다.

세포검사
얇은 바늘을 이용해서 유방의 혹이나 림프절의 세포를 뽑아서 검사하는 방법으로, 정확도가 99%에 달합니다. 주로 유방암의 진단보다는 림프절 전이 여부를 검사하는 데 사용됩니다.

총조직검사
유방암을 확진하는 가장 정확한 방법입니다. 유방암이 의심되는 부위에 검사용 굵은 바늘을 삽입하여 조직을 얻은 후 현미경을 통해 그 조직에서 암세포를 확인하는 검사입니다.

수술적 조직검사
세포 검사 또는 조직검사 방법으로 만족할 만한 결과를 얻지 못했을 경우나 석회화 등을 검사할 때 이용하는 방법으로 피부를 절개해 의심되는 부위를 직접 잘라내어 검사합니다. 가장 확실한 조직검사 방법이라 할 수 있습니다.

4장

가족이라는 행복, 가족이라는 병

이렇게 아무 문제 없이 행복해도 될까 싶을 정도로 정말 행복했었다. 엄마가 아프다고 나까지 불행해져야 할 이유는 없다고 생각했다. 그래서 벌을 받는 건가? 나도 유방암이란다. 결혼한 지 얼마나 됐다고. 왜 하필 지금! 내 나이 이제 서른셋이다. 이 나이에 유방암이라니. 모든 것이 원망스럽기만 하다.

- 2004년 6월 언니의 일기

이 세상 사람들 다 암에 걸려도 나는, 나만은 아니길 바랐다. 엄마와 같은 전철을 밟고 싶지도 않았고, 언니처럼 젊은 나이에 외롭게 생을 마치고 싶지도 않았다. 그래서 더 조심하며 살아왔다.

그래서였을까? 나마저 암에 걸렸다는 사실이 믿기지도 않고 믿고 싶지도 않다. 자랑할 것까진 아닐지라도 나름 부끄럽지 않게 열심히 살아왔다고 자부할 수는 있었다. 그랬던 38년의 인생이 의사가 던진 암이라는 말 한마디에 갑자기 불쌍한 암 환자가 되어 진흙탕에 처박혀 버렸다.

수술받고 항암 치료받다가 초라하게 죽어가겠지? 엄마처럼……. 딸은 엄마 인생 닮는다는데, 나는 진흙탕에 처박혀서도 딸아이 걱정을 하고 있다. 가족이기에 대물림되는 고통을 운명으로 받아들여야만 하는 내 모습에 화가 난다. 투병 중에 나만 보면 눈물을 흘리며 울음을 터뜨렸던 엄마의 모습이 겹쳐지면서 통제할 수 없는 감정이 폭발하고 말았다.

'그래, 엄마의 마음이 이런 거였구나.'

결국, 남편 앞에서 주체할 수 없는 눈물을 쏟고야 말았다.

유방암은 왜 생기는 걸까?

다른 암과 마찬가지로, 유방암의 원인도 아직까지 확실하게 밝혀지진 않았습니다. 다만 암을 일으키는 중요한 위험인자들을 유추해 볼 수는 있는데, 주요한 유방암 위험인자는 다음과 같습니다.

가. 유방암 혹은 유방 양성 질환의 과거력

나. 유방암의 가족력

다. 유방암 유전자 돌연변이(BRCA1, BRCA2)

라. 이른 초경 또는 늦은 폐경

마. 출산을 하지 않은 여성이나 30대 이후에 첫 출산을 한 여성

바. 폐경 후 호르몬 치료(5년 이상)

사. 올바르지 않은 생활습관(불규칙적인 생활 리듬)

아. 음주

자. 폐경 후 과체중

5장

암과 싸울 땐 버팀목이 필요해

남편은 그다지 자상하지도 가정적이지도 않은 사람이지만 매년 5월이면 솔선수범해서 가족여행을 준비한다. 여름도 아니고 겨울도 아닌 5월에 가족여행을 떠나는 이유는 남편이 봄을 좋아하기 때문이다. 남편은 아파트 단지 내 공원을 산책하면서도 너무 아름답지 않느냐며 감탄사를 연발하는 사람이다. 그런 남편에게 첫사랑과의 잊지 못할 추억이 있는 것 아니냐며 집요하게 묻기도 했지만, 그럴 때마다 3월의 새싹은 왠지 연약해 보이고 4월의 싱그러움은 뭔가 아직 좀 부족해 보이고, 5월의 푸름이 딱 좋아 보인다고 말하곤 했다.

'아주 시를 쓰세요!'

나는 속으로 비웃기도 하지만, 덕분에 매년 여행할 수 있으니 나로서는 손해 보는 일은 아니다.

제주도 한 번 가자고 1년 내내 조른 덕분에 올해는 제주도로 가족여행을 가기로 했다. 결혼 전에는 혼자서도 여러 번 갔을 정도로 나는 자칭 제주도 마니아였다. 산방산 밑에서 밀면과 수육 그리고 소주 한잔할 생각으로 나는 벌써부터 들떠 있었다.

내가 어느 정도 진정이 되어 보였는지 집으로 돌아오는 차 안에서 신랑이 먼저 침묵을 깼다.

"너, 내가 왜 5월을 좋아하는지 아니?"

"그냥 좋다며 푸름이."

"그래. 푸름이 좋아서이기도 한데, 당신 5월생이잖아! 내가 가장 좋아하는 5월에 태어난 여자를 만났다는 게 너무 신기했거든. 그래서였는지 몰라도 당신 만나고 나서 5월이 더 좋아지더라고."

자기만 좋다고 5월마다 여행을 가는 거로 여겼었는데…… 순간, 남편에게 미안한 생각이 들었다. 더군다나 그렇게 좋아하는 5월을 내가 망친 것 같아서 무슨 말을 해야 할지 몰랐다.

"5월에 초상 치르는 일은 없도록 할게."

이게 지금 무슨 블랙 유머란 말인가. 순간 남편의 표정이 굳어

진다.

"여보, 미안해. 웃자고 한 소리야."

"농담이라도 그런 말은 하지 마. 그리고 나한테 미안해하지 마. 나한테 말도 없이 당신 혼자 조직 검사받았다고 해서 처음에는 많이 서운하고 속상했어. 그렇지만 내가 걱정할까 봐 그랬을 당신 마음 생각하니까 이해가 되더라. 우리 잘 이겨내 보자. 당신이나 나나 유방암에 대해선 이미 간접 경험이 있고, 그리고 내가 옆에 있잖아. 나도 좀 찾아봤는데……"

남편이 운전하다 말고 서류 한 뭉치를 꺼내 내게 건넨다. 엄마와 언니 때문에, 그들을 위해 몇 년 전 내가 했던 일이다. 찾고 또 찾고, 그렇게 무언가를 하면서 보내는 시간엔 마음이 좀 편해졌다. 남편도 그때 내 마음과 같다고 생각하니 가슴이 저려왔다.

"어휴, 유방암 환자 정말 많더라."

내가 아무 반응이 없자 곁눈질로 다시 나를 쳐다본다.

"당신 잘못 아니니까 혼자 자책하지 말라고 하는 말이야."

"응."

순간 목이 멘다.

"요즘은 의술이 발달해서 암도 당뇨나 고혈압처럼 관리만 잘하면 평생 건강하게 살 수 있대. 수술 후 항암치료 방법도 다양

하고, 암 걸렸다고 무작정 가슴을 잘라내는 것도 아니더라. 다 제거한다고 해도 다시 가슴을 만들 수 있는 방법도 있는 것 같고."

남편은 벌써 가슴이 없어질 수도 있는 상황에 놓인 내가 맘에 걸리는 모양이다. 날 한번 힐끔 쳐다보더니 말을 이어간다.

"좀 생각해 봤어. 그런데 말이야. 당신을 잃는 것보다는 가슴 한쪽이 없더라도 당신이 내 옆에서 오래오래 살아주는 것만큼 행복한 일은 없겠더라고. 혹시 완전히 제거하는 방법이 최선이라면, 그 방법이 안전하다면 당신 나 때문에 망설일 필요 없어. 물론, 어디까지나 내 생각이야. 당신은 또 다른 입장일 수 있겠지. 어떤 결정을 내리든 난 당신 결정 존중할 거니까, 오로지 당신만 생각해. 알았지?"

이 사람 오늘따라 왜 이리도 따뜻한 건지. 난 아무 말도 하지 않았는데 이런 얘기를 먼저 꺼내주는 남편이 정말 고맙고 든든하다.

차가워졌다. 후회하고 있는 걸까?

의리와 정으로 산다는 중년 부부도 아니고, 같이 산 지 일 년도 안 된 신혼부부인 우리에게 한 사람의 암이란 다른 한 사람에게는 힘들고 피하고만 싶은 상황일지 모르겠다. 끊임없이 돌을 굴려야 하는 시시포스의 형벌처럼.

아닌 척 애쓰고 있지만 내 눈에는 보인다. 안쓰럽고 미안하지만 그 모습으로라도 이 사람이 내 옆에 있어 줬으면 좋겠다. 내 욕심인 줄 알지만, 혼자서는 현실을 이겨 낼 자신이 없다.

- 2005년 1월 언니의 일기

또다시 언니를 떠올린다. 언니는 얼마나 힘들고 외로웠을까!

한국 여성의 암 발생률 1위는 유방암

유방암은 전 세계적으로 그 발병률이 빠르게 늘고 있으며, 우리나라의 경우 여성 암 발생률 1위를 차지하고 있습니다(2016년 국가암 등록 통계자료). 우리나라의 유방암 치료 성적은 미국이나 일본 등 다른 선진국들과 비교해 뒤처지지 않습니다. 5년 생존율은 유방암 환자 100명이 정상적인 치료를 마친 뒤 5년 뒤에 살아 있을 확률을 말하는 것입니다. 당연히 초기 유방암일수록 5년 생존율이 높습니다.

6장

엄마라서 미안해

나 역시 그냥 연약한 한 인간일 뿐이었다.

수술을 앞두고 다시 연애 시절로 되돌아가기라도 한 듯 자상한 애인으로 변신한 남편 덕분에 사실 꽤나 행복한 일주일을 보냈다. 그럼에도 불구하고 어쩔 수 없이 혼자 남겨지는 시간이면 찾아오는 두려움 때문에 무너지기 일쑤였다.

'왜 하필 나일까? 특별히 큰 죄를 지은 적도 없는데. 아니지, 그러면 나 대신 다른 누가 걸려야 했단 말인가? 그래, 우리 가족 중 누군가 한 명이어야 했다면 그게 나인 게 다행인 건가?'

암 투병 중 나를 볼 때마다 이유 없이 울던 엄마, 그리고 그걸 이해하지 못했던 나. 생각이 꼬리에 꼬리를 물고 원망과 분노를 넘나들었다. 죄책감과 미안함까지 밀려들어 소용돌이쳤다.

예전에 엄마가 자궁근종 때문에 수술을 앞두고 쓰셨던 유언장을 읽었던 적이 있다. 우리 4남매 각자에게 이르는 당부의 말과 통장이랑 도장은 안방 옷장 몇 번째 서랍에 있다는 식으로 써 내려간 내용이었다.

'어디 죽으러 가나? 무슨 이런 걸 썼어!'

별걸 다 적었다는 생각에 웃음이 났지만 눈에서는 눈물이 흐르던 참 이상한 경험을 한 적이 있다.

딸 핑크를 남겨 두고 병원에 입원을 해야 하는 날이 되어서야 비로소 유언장을 쓴 엄마의 마음이 이해가 되었다. 목숨이 왔다 갔다 하는 수술이 아님에도 불구하고 발걸음이 무거웠다.

평소처럼 핑크를 어린이집에 데려다주면서 꼭 안아주었다. 며칠 동안은 이모 집에서 지내야 한다는 당부와 함께. 물론, 자세한 이야기는 하지 않았다. 이제 7살인 핑크가 암이라는 단어를 입에 담게 하고 싶지 않았고 무엇보다도 엄마의 찌찌가 없어질 수도 있다는 이야기를 어떻게 받아들일지, 혹시나 충격을 받진 않을까 걱정이 되었기 때문이다.

다행히도 언니가 핑크를 많이 예뻐하고 핑크 역시 이모와 사촌인 보라를 많이 따르고 좋아한다.

유전성 유방암이란?

유전성 유방암이란, 한 가족 내에 여러 명의 유방암 환자가 있으며 그들의 유전 방식이 멘델의 법칙을 따를 때를 말합니다. 전체 유방암의 약 5%를 차지합니다. 특정 유전자가 밝혀져 있는 경우도 있지만, 원인 유전자를 찾지 못하는 경우도 있습니다.

유전성 암이지만 유방암 환자의 가족력이 없는 경우도 흔하게 존재합니다. 가족성 암(전체 유방암의 약 10%)은 가족 내에 여러 명의 유방암 환자가 있지만, 멘델의 법칙을 따라 유전되지 않으며 특정 유전자의 돌연변이가 발견되지 않은 경우입니다. 하지만, 대부분(85%)의 유방암은 산발성 유방암으로 가족력이 없습니다.

유전자 돌연변이는 어떻게 확인할까?

유전자는 우리 몸의 어느 곳에나 존재합니다. 머리카락, 피부, 타액, 혈액, 입안의 점막 등. 그러나 병원에서 암의 위험을 예측하기 위해 유전자 검사를 시행할 경우 가장 많이 사용하는 방법은 혈액을 통한 검사입니다.

7장

의사의 딜레마

그녀는 검진 결과를 전해 듣던 그날보다 훨씬 밝아진 모습으로 나타났다. 마음이 한시름 놓인다.

검사 결과 그녀의 오른쪽 가슴에 3cm 정도 크기의 암이 있다. 림프절에는 전이가 없는 것으로 보였다. 보통 이런 경우라면 유방을 살리는 수술을 계획하겠지만, 그녀의 경우 그 방법이 조금 망설여진다. 그녀의 어머니가 6년 전 유방암으로 돌아가셨고, 그다음 해 유방암과 난소암으로 언니가 세상을 떠났기 때문이다. 두 분 다 내 환자였다. 인연인지 악연인지 우리의 만남은 그때부터 시작되었다.

"선생님, 아무래도 오른쪽 유방 전체를 다 절제하는 게 낫겠죠?"

얼마나 많은 생각들이 그녀 머릿속에 있었던 건지, 본인에게 무엇이 최선인지 이미 알고 있는 듯 보였다.

"선생님, 저 괜찮아요. 남편도 제 의견 존중해 주기로 했고, 지금 당장은 아니더라도 재건 수술도 할 수 있는 거잖아요? 저 그냥 다 제거하고 싶어요. 선생님은 어떻게 생각하세요?"

"글쎄요. 한 가지 선택일 수 있겠죠. 하지만, 전절제를 한다고 해서 유방암이 더 잘 치료되는 것은 아니에요. 좀 더 시간을 가지고 생각해 보자고요."

이미 많은 걸 예상하고 마음을 단단히 먹은 것이 분명했다. 이 정도로 적극적이라면 유전자 검사에 대해서도 다시 한 번 고민해 봤을 거라는 느낌이 들었다.

이미 오래전부터 거부해 왔던 터라 또다시 말을 꺼낸다는 것이 인간적으로 미안한 마음마저 들었지만 의사로서, 건강한 반대쪽 유방을 위해서, 그리고 앞으로 그녀의 건강관리를 위해서 다시 한 번 유전자 검사를 권유했다.

대답은 너무 간단했다.

"네 선생님, 검사할게요. 검사해야죠! 그렇지만 지금은 아니고요. 수술 끝나고 해도 되겠죠? 지금은 수술 잘 받고 회복하는 데

집중하고 싶어요.”

충분히 이해되는 결정이다. 잘 생각했다는 말과 함께 조용히 그녀의 손을 잡아주었다.

사실 유전자 검사라는 것이 암이나 다른 질병을 예측할 수 있는 순기능도 있지만 그 결과가 노출되었을 때 간혹 치명적일 수 있는 역기능을 동시에 갖고 있기 때문에 매우 민감한 게 사실이다. 사정이 이렇다 보니 환자가 원치 않는다면 나는 그 결정을 존중하는 편이다. 그러다가 이런 경우처럼 유전자 검사를 받지 않은 채 지내던 환자가 결국 유방암을 진단받게 되면 그것이 그들의 선택이었음에도 불구하고 죄책감을 느끼게 되는 것이다.

‘평소 하던 것보다 좀 더 적극적으로 검사를 권유했어야 했나?’

마치 내 노력이 부족했던 것만 같았다.

의사는 최선의 결과만 생각하기에, 사실 무언가를 결정해야 하는 순간마다 딜레마에 빠진다.

유전자 검사, 무조건 받아야 하는가?

유전자 검사를 통해 앞으로 내가 유방암에 걸릴 위험을 예측할 수 있고, 그에 따른 예방을 할 수 있습니다. 그러나 신중해야 합니다. 유전자 검사 결과 자체가 암 예방에 대한 모든 해답을 줄 수 없고, 무엇보다 유전자 검사 결과가 타인에게 노출이 되었을 때 사회적으로 차별을 당할 위험이 있기 때문입니다.

유전자 검사 누가 받아야 하나?

모든 유방암 환자가 유전자 검사 대상은 아닙니다. 아래와 같은 경우 유전성 유방암을 의심할 수 있으며 유전자 검사를 추천합니다.

가. 유방암 혹은 난소암의 가족력이 있는 유방암 혹은 난소암 환자

나. 40세 이전에 유방암이 발병된 경우

다. 유방암과 난소암을 모두 가지고 있는 경우

라. 양쪽 유방에 모두 유방암을 진단받은 경우

마. 남성이 유방암 진단을 받은 경우

바. 60세 이전에 진단된 삼중음성 유방암

사. BRCA(유방암 유전자) 돌연변이가 확인된 가족의 구성원

8장

웃기고도 슬픈 현실

목욕탕 아주머니가 가슴에 뭔가 만져진다고 했을 때부터였던 것 같다. 만약 암이라면 오른쪽 가슴에 미련을 갖는 건 내 욕심일지도 모르겠다는 생각을 했던 게. 그래서 의사 선생님께서 전절제에 대한 얘기를 할 때에도 많이 놀라지 않았고, 필요하다면, 가슴을 다 도려내야 한다면 그렇게 하자고 했던 남편의 한 마디가 내 가슴에 더 따뜻하게 다가왔는지도 모르겠다.

'그래, 우선 내가 살고 봐야지.'

그렇게 생각하기로 했다. 그러다가도 또다시 처음처럼 서글퍼진다. 여자의 마음은 갈대, 이런 다중 인격체가 없다.

외래 진료 때 의사 선생님을 뵙고 난 뒤 여러 가지 안내를 받고 입원실로 올라왔다. 병실에 올라와 환자복으로 갈아입고 나서야 비로소 내가 암 환자라는 사실이 실감 났다.

피가 고인 주머니를 옷에 차고 걸어 다니는 환자, 코에 줄을 꽂고 누워 있는 환자, 하나같이 어두운 기색의 보호자들을 보니 내가 병원에 와 있는 게 맞구나 싶었다.

수술받기 전 준비사항의 하나로 가슴과 겨드랑이 털을 제거한단다. 제모 크림을 바른 후 얼마 지나지 않아 샤워를 하러 욕실로 들어갔다. 샤워를 하면서 나의 오른쪽 가슴과 마지막 인사를 나누었다. 내일 이 시간쯤이면 잘리고 얼려져 병리 의사의 현미경 밑에 놓여있을 내 가슴이 자꾸 불쌍해진다. 끈 떨어진 연처럼 부여잡을 것도 없이 덩그러니 빈자리만 남겨질 가슴팍을 상상하며 깊은 한숨을 토해냈다.

샤워하면서 우는 경우가 많다는데, 아직 눈물까지 나오진 않는다. 그러나 실제로 한 쪽 가슴이 없는 내 모습을 본다면, 그땐 울지 않을 자신이 없다.

욕실 안에서 가슴과 마지막 작별 인사를 나누는 동안 남편은 밖에서 꽤나 걱정을 했던 모양이다. 샤워를 마치고 나가니 나를 뚫어져라 쳐다보며 한마디 한다.

"왜, 어디 아파? 왜 이렇게 오래 걸렸어? 한동안 못 씻을까 봐

구석구석 씻었어?"

"아니, 그냥 마지막 인사 좀 하느라고."

못 들은 건지 반응 없이 계속 짐 정리를 하다가 불쑥 한마디 내던진다.

"당신 가슴이 나한테 전해달라는 말은 없었고? 내가 엄청 예뻐한 거 알 텐데."

웃음이 난다. 남편도 웃고 나도 웃었다.

웃프다는 요즘 아이들 말이 참 잘 만들어진 단어라는 생각이 들었다. 웃기고도 슬프다는 그 말이 내 인생에 이렇게 쓰일 줄이야.

무겁고도 우울한 일생일대의 큰 사건을 나는 이렇게 인정하며 받아들이고 있었다.

"당신, 얼른 머리 말리고 아래 가서 차 한 잔 마시고 오자."

할 말이 있는 눈치다.

유방암 수술 전 꼭 필요한 검사들

유방암이 확진되면 환자가 기본적으로 수술과 마취에 견딜 수 있는지를 평가하기 위한 검사가 필요합니다. 수술 전 전신 전이에 대한 평가도 필요합니다.

가. 혈액 검사: 일반혈액, 간 기능, 혈액응고 등에 대한 전반적인 검사입니다.

나. 흉부 X-ray: 유방암의 폐 전이 여부와 함께 마취 전 폐의 상태를 점검합니다.

다. CT 스캔: 간이나 폐 같은 복부와 흉부 장기 혹은 림프절 전이 여부를 파악합니다. 일반 X-ray보다 좀 더 자세한 영상을 얻을 수 있습니다. 조영제 알레르기가 있다면 검사 전 반드시 의료진에게 알려야 합니다.

라. 뼈 스캔: 유방암의 뼈 전이 여부를 파악하기 위한 방법입니다. 전신의 뼈를 보여줌과 동시에 일반 X-ray로는 보이지 않는 작은 전이를 확인하기에 유용합니다.

마. PET-CT 스캔: 진행된 유방암에서 전이를 배제할 수 없을 경우, 어느 장기에 전이가 있는지 확인하기에 유용한 검사입니다. 모든 환자에게 필요하지는 않습니다.

9장

고통의 대물림, 유전자 돌연변이

커피 한 잔씩 사 들고 병원 건물 밖으로 나왔다. 덥지도 춥지도 않은 딱 좋은 5월의 밤이다.

남편은 예상대로 외래 진료실에서 선생님께서 나에게 물었던 그 유전자 검사라는 것에 대해 궁금해했다. 유방암을 진단받고 유전자 검사를 받기로 마음먹은 후 남편에게 이 사실을 말해야 한다고 생각은 했지만 쉽사리 입이 떨어지지 않았다. 이렇게 된 이상 계속 숨기는 것은 남편에 대한 예의가 아니겠지 생각하며 5년 전 이야기를 시작했다.

매년 5월이면 떠나던 가족여행, 그해에는 큰언니도 동행했다.

언니는 난소암 1차 재발이 있었지만 다시 시작한 항암치료의 효과가 좋아서 그즈음 컨디션이 좀 좋아진 상태였다. 그런데 여행에서 돌아온 후 언니가 그만 앓아누웠다. 우리 모두 여독 때문일 것이라고 생각했지만 그것이 언니와 우리 가족의 마지막 여행이 되고 말았다. 언니는 다시 일어나지 못했고 결국 우리 곁을 떠났다. 엄마를 보내고 1년이 채 되지 않은 2007년 봄이었다. 여기까지는 남편도 알고 있는 사실이다. 2004년 우리가 결혼한 후 엄마와 언니의 힘든 투병 생활을 옆에서 다 지켜보았기 때문이다.

장례식은 간소하게 치러졌다. 언니도 남아 있는 자들의 슬픔도 간소화되길 바랐을 것이다. 언니를 보내고 한동안 언니의 유품에 손을 대지 못했다. 마음마저 언니를 보내게 되는 것이 두려웠다. 한 달이 지났을까? 작은언니와 나는 큰언니의 비밀과 맞닥뜨리게 되었다. 언니의 유일한 유품인 일기장을 통해서였다. 투병 생활 내내 옆에 끼고 살던 일기장, 그 안에 우리가 알지 못했던 언니의 이야기가 숨겨져 있었다.

학생 때 이후로 오랜만에 들어보는 단어, 유전자.
거기에 듣도 보도 못한 유전자의 이름 BRCA!
엄마가 유방암, 그리고 젊은 나이에 유방암을 진단받은 나의 이력이 흔한 일은 아니란다.

아마도 유전자의 돌연변이 때문에 생긴 유방암일 가능성이 있으니 검사를 해 보는 것이 좋겠다고 의사가 말했다.

이해가 안 되는 어려운 설명들을 한 삼십여 분에 걸쳐 들었다. 기억에 남는 건 별로 없다.

다만, 이 돌연변이라는 것이 나뿐만 아니라 동생들에게도 똑같이 유전되었을 수 있다는 것, 그것은 동생들도 암에 걸릴 수 있다는 얘기다.

남편에게는 이 사실을 어떻게 알려야 하나.

머리가 터져 버릴 것만 같다.

- 2004년 9월 언니의 일기

'이게 뭐야?'

남편이 유전자 검사 결과를 턱 밑에 들이댄다. 당황스럽다.

수술 후 팔 쓰는 게 아직은 좀 불편한 나를 위해 남편이 내 책장 정리를 했던 게 화근이었다.

보이지 않는 곳에 둔다는 것이 이삿짐을 싸면서 빠져나온 모양이다.

궁지에 몰린 생쥐처럼 나는 어떤 변명도 할 수가 없었다.

너무나 명백한 증거가 눈앞에 있었으니까.

여태껏 한 번도 보지 못했던 표정을 지으며, 남편은 배신감이 든다고 내게 말했다.

그리고 그날 처음으로 등을 돌리고 잤다.

- 2005년 11월 언니의 일기

난소암. 그리고 그 사람의 이혼 통보.

이런 불행은 영화나 책, 나 아닌 남들에게나 찾아오는 거라고 생각했었는데~.

- 2006년 3월 언니의 일기

뜻밖의 사실이었다. 안 그래도 유방암 가족력 때문에 걱정이 많은 집안에 결정타를 날린 유전자 돌연변이. 구체적으로, 그게 무엇이기에 우리 가족을 궁지에 몰아넣은 건지 궁금해졌다.

며칠 후 작은언니와 나는 큰언니의 주치의였던 의사 선생님을 찾아갔다. 지금 나의 주치의가 바로 그분이다.

"언니께서는 가족과 남편에게 알리는 걸 원치 않으셨어요. 남편은 그렇다 치더라도 형제들에게는 이 사실을 알리고 같은 검사를 받아보는 것이 좋겠다고 권유했지만 소용없었어요. 언니에게 돌연변이가 있다는 건 형제들도 같은 돌연변이를 가지고 있을 확률이 높다는 것을 의미하거든요. 그런데 알리고 싶어 하지 않았죠. 본인이 원치 않으면 저희로서도 어쩔 도리가 없습니다."

"엄마는요? 그럼 저희 엄마도 이 검사를 하셨나요?"

"네 어머니도 하셨어요. 언니가 먼저 검사를 받고 결과가 나온 뒤에 하셨고, 언니와 같은 결과가 나왔지요"

"엄마도 우리한테 알리는 것을 원치 않으셨나요?"

"두 분이 그렇게 하기로 약속하신 것 같아 보였어요."

혼란스러웠다. 돌연변이가 있다는 사실도, 엄마와 언니가 그 중요한 일을 우리에게 비밀로 했다는 사실도 받아들이기 힘들었다.

이야기를 듣던 남편은 넋을 잃은 채 나를 바라보고 있었다.

"당신한테 뭘 어떻게 말해야 할지 모르겠더라고. 그때는 나 역시도 어떻게 해야 할지 판단이 서지 않았거든. 검사를 해서 혹시라도 돌연변이가 나오면 당신도 형부처럼 나를 떠날지도 모른다는 말도 안 되는 걱정이 들기도 했고."

"나한테 말을 하고 검사를 받지 그랬어! 그게 싫으면 혼자라도 검사를 받고, 살길을 찾았어야지. 사람이 왜 그렇게 바보 같니!"

"이유가 그게 다는 아니었어. 언니 경우만 봐도 본인이 돌연변이가 있다는 걸 알고 있었으면서도 달라진 게 없었잖아. 결국 난소암까지 걸려서 고생만 하다 저세상 갔고."

솔직히, 돌연변이가 있다는 사실을 알면서도 엄마와 언니의 끝이 죽음이었다면 검사를 받아서 돌연변이를 확인한들 그게 나에게 무슨 의미가 있겠나 싶었다. 예방할 수 있다는 걸 그때는 생각하지 못했다.

유전 상담 왜 필요한가?

유전자 검사는 단순한 피검사에 불과하지만, 검사 전후로 유전자 검사의 방법 및 득과 실에 대한 자세한 설명과 동의가 필요합니다. 이런 전반적인 과정을 '유전상담'이라고 말합니다. 검사 전 유전 상담 과정에 포함되어야 하는 내용은 다음과 같습니다.

가. 검사하고자 하는 유전자에 대한 정보(변이와 연관된 질병의 위험 포함).

나. 양성 혹은 음성 검사 결과의 의미.

다. 검사 결과가 뚜렷한 정보를 주지 못할 수 있다는 사실.

라. 자녀에게 유전될 위험.

마. 유전자 검사 방법의 기술적 정확도.

바. 검사 비용.

사. 검사 결과의 정신적/사회적 영향(이득과 위험).

아. 고용주와 보험회사에 의한 차별에 대한 위험과 이에 대한 보호 대책.

자. 비밀 보장의 문제.

차. 유전자 검사 후 암 발생 감시 및 암 예방책의 방법과 한계.

카. 유전자 검사 결과 가족 공유의 중요성.

타. 검사 후 추적 관찰 계획.

10장

절망을 떼어낸 자리, 희망으로 채우다

"홍성숙 씨 정신 좀 드세요?"

간호사의 따뜻한 손길이 느껴졌다. 잠시 잠든 것 같은데 수술이 끝난 듯했다.

오른쪽 가슴에서 느껴지는 묵직한 통증이 아니었더라면 가슴을 잘라냈다는 걸 실감하지 못할 뻔했다. 상당한 양의 거즈 덩어리와 수술용 브라가 오른쪽 가슴을 덮고 있어서 오히려 가슴이 더 커 보였기 때문이다.

퇴원하던 날 상처에 박혀 있던 배액관을 제거하고 간단하게 마지막 드레싱을 받고 나서야 가슴의 빈자리가 느껴졌다.

'언제쯤 나를 똑바로 쳐다볼 수 있을까? 나는 남자가 된 건가?'

지금 기분 같아서는 평생 가도 익숙해지지 않을 것만 같다.

퇴원 후 일주일이 지나 조직검사 결과를 듣는 날이 왔다. 수술만 끝나면 걱정이 없을 줄 알았는데 고행의 연속이다. 아침부터 무척이나 떨리고 걱정이 됐다.

"어떻게 지냈어요?"

의사 선생님의 따뜻한 미소를 보며 나는 딴생각을 했다.

'저 미소가 무엇을 의미하는 거지?'

'결과가 좋지 않은 건가?'

'내가 안쓰러워서 저런 미소를 지어 보이는 건가?'

의사 선생님의 표정 하나, 말 한마디에 의미를 부여하며 속으로 말도 안 되는 상상을 한다.

"조직검사 결과가 나왔는데, 결과가 나쁘지 않네요."

짧게 두 문장을 말했을 뿐인데, 문장과 문장 사이가 왜 그렇게도 길게 느껴지는지. 수술한 조직검사 결과는 엄마와 언니 것보다 좋다고도 했다.

"종양 크기는 초음파에서 보였던 것보다는 조금 큰 3.2센티미터, 림프절에는 전이가 없어요. 호르몬 수용체는 양성, Her-2 유전자는 음성 제일로 순한 놈이네요!"

겨드랑이 림프절에는 전이가 없을 거라고 짐작은 했었다.

언니나 엄마의 것과는 다르게 겨드랑이에 상처가 없었기 때문이다. 내 짐작이 맞았다. 2기 초의 조기 유방암, 불행 중 다행이다. 항암치료 받고, 타목시펜도 5년 복용해야 한단다.

"요즘은 어머니 치료받으실 때보다도 약들이 더 좋아져서 조금은 수월할 거예요. 그래도 암이란 놈들을 죽이는 약이니 힘들지 않은 건 아니에요."

"네!"

"3주쯤 후부터 항암치료 시작하실 텐데, 그동안 잘 먹고 체력 보충 좀 해요."

"감사합니다. 선생님!"

"그리고 우리가 아직 끝내지 못한 숙제가 좀 남았죠? 언제 할지 생각해 봤어요?"

"네, 항암치료 시작하기 전에 할게요. 선생님, 유전 상담 남편이랑 같이 받아도 되죠?"

의사 선생님이 옆에 있는 남편의 눈치를 살핀다.

"선생님 괜찮아요. 이 사람 이제 다 알아요. 수술 전날 다 털어놨거든요. 전부 다요. 이제 숨길 게 하나도 없어요."

"그럼 뭐, 같이 들어도 문제 될 건 없네요. 결과도 같이 들을 건가요?"

"네, 그래야 앞으로 치료 계획들도 맘 편히 상의할 수 있을 것 같아서요."

"좋아요. 든든한 아군이 있으니 걱정할 필요 없겠네요."

의사 선생님 말씀처럼 든든한 아군과 함께 있었기에 무사히 넘길 수 있었던 고비였다. 유전자 검사, 항암치료, 복원 수술까지 넘어야 할 큰 산이 아직 세 개나 남았지만 잘 이겨내리라 마음을 다잡는다.

암세포를 죽이는데 머리카락은 왜 빠지는 걸까?

항암제는 우리 몸에 들어가 암세포를 죽이는 역할을 합니다. 정상 세포보다 빠르게 성장하는 암세포를 공격하도록 만들어졌습니다. 그런데 공교롭게도 우리 몸 안에는 암세포처럼 빠르게 성장하는 정상세포들도 있습니다. 치료 과정에 암세포와 함께 그 정상세포들이 손상을 받게 되고 그로 인해 부작용이 나타나게 되는 것입니다. 골수에서 혈액을 만들어내는 세포라든지, 모낭세포, 구강점막세포, 위 점막 세포, 생식기에 있는 세포들이 그렇습니다. 항암 중 백혈구나 혈소판 수치가 떨어지고, 입안이 헐고, 설사나, 오심, 구토, 머리카락이 빠지는 게 바로 이런 이유 때문입니다.

다행인 건 항암치료가 끝나면 이런 부작용은 서서히 사라지고 정상 기능을 찾게 된다는 것입니다. 일부 환자들은 원래의 상태로 돌아오지 못하거나 다시 회복되기까지 꽤 오랜 시간이 걸리는 경우도 있습니다. 몇몇 약제들은 심장이나 신장, 방광, 폐, 생식기관 등에 영향을 주기도 하는데, 이런 경우 영구적으로 그 기능이 회복되기 어려운 경우도 있습니다.

일상생활이 어려울 정도의 부작용이 있는 경우에는 반드시 주치의와 상의해야 합니다. 약제의 용량을 조절하거나 약을 변경해야 할 수도 있으며, 경우에 따라서는 치료를 중단해야 하는 일이 발생할 수도 있습니다.

11장

치유를 위한 지도, 유전자 검사

집안에 암 환자가 있으니 이래저래 손실이 참 크다. 경제적인 면은 말할 것도 없고, 내 뒤치다꺼리에 남편의 직장생활이며 개인 생활이 엉망이 되었다. 아이를 잘 챙길 수 없으니 근처 사는 언니에게 여러모로 도움을 받아야 하는 상황도 생겼다. 암 환자라는 핑계로 가족에게 횡포를 부리고 있는 건 아닐까 하는 생각이 들었다. 그럼에도 불구하고 그들은 가족이라는 이름으로 언제나 나에게 최선을 다하는 모습을 보여주었다. 그런 그들에게 나 역시 내가 할 수 있는 최선을 보여 주고 싶었다. 치료에 적극적으로 임하는 것, 그래서 그들 옆에 오래 머물 수 있도록 노력하는 것. 그것만이 내가 할 수 있는 최선이었다. 유전자 검사도 그중 하나였다.

항암치료를 일주일여 앞두고 유전 상담과 유전자 검사를 하기 위해 남편과 함께 병원을 찾았다. 의사 선생님이 숙제라고 이름 붙인 유전자 검사를 하루라도 빨리 끝내고 싶었다.

"안녕하세요? 수술받으시느라 많이 힘드셨죠? 상처는 좀 괜찮으세요?"

"네, 서서히 좋아지고 있는 것 같아요."

"다행이네요. 저는 오늘 유전 상담을 해 드릴 유전상담사 최설아라고 합니다."

외래의 어수선한 분위기와는 사뭇 다른 작지만 조용하고 독립된 공간으로 불려 들어갔는데, 왠지 모르게 긴장되었던 마음이 안부부터 묻는 상담사의 배려로 조금 풀리는 듯했다.

"옆에 계신 분은 남편 되시나요?"

"네."

"유전 상담은 기본적으로 상담사와 대상자가 일대일로 시간을 갖는 것이 원칙인데요."

"네, 알고 있어요. 그런데 남편도 저희 집안의 가족력을 다 알고 있고, 저 역시도 남편이 같이 들어주었으면 좋겠거든요. 결과도 같이 공유할 거라서요. 주치의 선생님께서도 제가 원한다면 같이 들어도 된다고 하셨어요."

"네. 그 얘기는 선생님께 전해 듣기는 했습니다만, 그래도 혹시 마음이 바뀌셨을까 봐 다시 한 번 여쭈어본 거예요."

"아, 아니요. 저도 같이 듣고 싶네요."

"네. 그렇다면 같이 설명을 들으시는 걸로 알겠습니다. 그리고 결과도 남편분과 같이 공유하시는 걸로 기록해 둘게요."

모든 것에 신중을 기하고 있다는 것이 느껴졌다.

긴 시간 동안 유전자는 무엇이고, 유전자 검사는 어떻게 하는 것이며, 우리 가족을 힘들게 하고 있는 BRCA 유전자와 그 돌연변이로 발생할 수 있는 문제점들, 그에 따른 예방법에 대한 설명을 들었다. 솔직히 그냥 검사만 하면 되지 무슨 상담까지 받아가며 검사를 받을 필요가 있는가 하는 마음도 있었다. 그러나 설명을 모두 듣고 난 후 든 생각은 유전자 검사라는 것이 빨리 끝내버려야 할 숙제가 아니라는 것이었다. 많은 고민의 시간이 필요한 검사였다.

"별거 아니지 생각했는데 어렵네요. 어떻게 해야 할지 잘 모르겠어요."

"마음이 좀 복잡하시죠? 사실 많은 환자분들이 이런저런 설명을 듣고 망설이기도 하고, 검사를 미루고 싶어 하는 분들도 계세요."

"아, 그래요? 저만 이렇게 마음이 왔다 갔다 하는 게 아닌가 보네요?"

"네. 돌연변이가 있다 한들 100퍼센트 완벽한 예방법이 없는 거라면 무슨 의미가 있느냐며 검사 안 하겠다고 하시는 분들도 계세요. 물론 아주 방법이 없는 건 아니니 할 수 있는 데까지는 최선을 다해 보고 싶다는 분들도 계시지만요. 어떤 결정을 내리느냐는 환자가 처한 상황이나 환경, 가치관뿐만 아니라 여러 가지 요인들이 어떻게 작용하느냐에 따라 다른 것 같아요."

일기장에 머리가 터져버릴 것 같다고 기록했던 언니의 심정이 비로소 이해가 되었다. 남은 가족에게 말 못했던 언니와 엄마의 심정도 짐작이 갔다. 당장 나부터 나중에 핑크에게 이 사실을 말해주어야 한다는 것에 대한 걱정과 부담이 밀려왔다.

"이게 2004년 언니께서 작성하셨던 가계도인데요. 8년이 지났네요. 그사이 추가로 암이나 다른 질환을 진단받으신 가족이 있으신가요?"

"아니요. 제가 아는 한 저 말고는 없어요."

"외가나 친가 친척 중에도 없으세요? 이모나 고모, 삼촌, 이종 또는 고종사촌도 포함돼요."

"네. 없어요. 저희 집은 왕래가 많아서 얼굴 자주 보면서 지내는 편인데요. 언니가 그렇게 된 후 암이나 다른 질환을 진단받은 사람은 없어요."

"그게 꼭 유방암과 난소암일 필요는 없어요."

"네, 없습니다."

꼬치꼬치 묻는다 싶었지만 가족들의 가족력을 확인하는 것이 중요하다고 하니 이해 못 할 일도 아니었다.

"선생님, 이런 질문 어떻게 들리실지 모르겠는데요. 본인이라면 검사를 하시겠어요?"

"음. 좀 전에도 말씀드렸지만 개인의 상황에 따라 결정이 달라질 수 있어요. 이런 답변 너무 형식적으로 들리시겠지만 이것은 어디까지나 본인이 결정을 하셔야 해요."

'지금 나한테 검사를 하라는 거야, 말라는 거야.'

조금만 더 당겨주면 바로 넘어갈 텐데, 상담사는 자세한 설명과 따뜻한 배려 속에서도 차가우리만치 중립적인 자세를 유지하고 있었다. 그만큼 나의 의지가 중요하고, 신중에 신중을 기해야 하는 문제라는 걸 행동으로 보여주고 있었다. 그걸 알면서도 야속한 마음이 드는 것은 어쩔 수 없었다. 어렵게 결정했던 마음이 다시 흔들렸다.

"선생님, 죄송한데요. 저 며칠만 더 고민한 뒤에 결정해도 될까요?"

"물론이죠. 충분한 시간을 가지고 생각해 보세요. 그런 후에 결정을 내려도 늦지 않으니까요."

"감사합니다."

"그리고 오늘 드렸던 설명을 모두 기억하시는 건 좀 어려울 거예요. 유전성 유방암과 유전자 검사에 대한 여러 가지 설명을 볼 수 있는 홈페이지가 있어요. 알려 드릴 테니 접속해서 그곳에 있는 내용들을 다시 한 번 찬찬히 읽어 보세요. 유전상담 동영상도 잘 만들어져 있으니 그것도 한번 보시고요. 머릿속이 정리가 되면서 결정하시는 데 도움이 될 거예요."

www.kohbra.kr

명함을 확인하듯 사이트 주소가 적힌 메모지를 받아들었다.

"네 알겠습니다. 꼭 들어가 볼게요."

"네. 결정되면 언제든 전화 한번 주시고 방문하세요. 그때 동의서에 서명하고 검사받으시면 돼요."

나는 마음의 결정을 내리는 대로 다시 방문하겠다는 말을 남긴 채 상담실을 나왔다.

유전자 검사를 통해 무엇을 얻을 수 있는가?

유전자 검사의 위험성과 한계가 있음에도 불구하고 유전자 검사가 중요한 것은 다음과 같은 장점이 있기 때문입니다.

검사 결과가 음성, 즉 돌연변이가 없다면 무엇보다도 마음의 안정을 찾을 수 있습니다. 유전자 검사를 하지 않은 채 혹시나 유방암이 다시 생기지는 않을까 하는 불안한 마음에 불필요한 검사를 한다거나 몸에 좋다고 알려진 식품을 구입하는 데 돈을 낭비하지 않아도 됩니다.

검사 결과가 양성이라면 미래에 자신에게 암이 발생하게 될 위험성을 알고 이를 낮추기 위한 노력을 할 수 있습니다. 우선적으로 생활습관의 변화라든지, 유방암을 예방하는 약을 복용할 수도 있을 것입니다. 더 적극적인 예방을 위해서 예방적 수술을 받을 수도 있습니다.

12장

같은 병을 앓는다는 것의 의미

버스는 서울 요금소를 빠져나와 고속도로 위를 달리고 있었
다. 파릇파릇하던 나뭇잎들은 어느덧 짙푸른 녹색의 무성한
여름옷으로 갈아입고 있었다.

'이 여름이 지나고 가을이 올 때쯤엔 여름내 고마웠던 잎들
을 떠나보내야 하는 앙상한 가지들의 운명처럼 나 역시 내게 뿌
리내리고 있는 머리카락을 떠나보내야만 하겠지.'

좋은 경치를 보면서 왜 이토록 우울한 생각이 드는지 모르겠
다. 오늘은 이런 슬픈 감상에나 빠지려고 외출을 시도한 건 아니
다. 같은 암을 가진 환자들과 소통하다 보면 많은 도움과 위로를

받게 될 거라는 주변의 권유로 가입하게 된 환우회 모임에 참석한 것이다. 아무리 동병상련이라지만 혼자서도 충분히 우울한데 암 환자들의 모임까지 참석하다니! 속으로 우울의 소굴은 아닐까 생각했다.

하지만 내 예상과는 달랐다. 정말 암 환자가 맞는지 의심이 들 정도로 화기애애한 분위기였다. 개중에 몇몇 눈에 띄게 야윈 분들, 조금은 어색해 보이는 헤어스타일을 하고 있는 분들이 있었지만 그들조차 표정만큼은 밝았다. 딱 한 번 참석해 보았지만 심적으로 편안함을 주는 그런 자리였다. 그렇게 시작된 후 두 번째 참석하게 된 야유회였다.

"어색하시죠? 이런 자리."

"아, 안녕하세요? 처음이라 좀 그렇긴 하네요."

"지난 모임에 나오셨을 때 얼굴 봤어요. 저랑 나이가 비슷해 보여서 친해지고 싶다 생각했었는데 오늘 이렇게 다시 만나네요."

"저도 기억나요. 그날 우리 계속 눈 마주쳤잖아요?"

고맙게도 옆자리로 와 먼저 인사를 건네준 건 지난 모임에서 유난히 눈이 많이 마주쳐서 좀 민망하기도 했던 그녀였다. 아마도 서로 마음이 통했던 모양이다.

그녀는 1년 전쯤 유방암 수술을 받은 후 항암치료까지 마친 상태였다. 나이는 나보다 한 살 어렸고, 지호라는 6살짜리 사내

아이를 둔 나와 같은 평범한 주부였다.

"언니라고 불러도 되죠?"

"뭐, 그래요!"

비슷한 나이에 같은 암을 가지고 있어서 그랬는지, 아니면 붙임성이 좋은 그녀 덕분이었는지 모르겠지만 우리는 금방 친해졌다. 다른 회원들이 원래 아는 사이냐고 물을 정도였다. 마치 고등학교 시절 단짝 친구와 소풍이라도 온 듯 우리는 여행 내내 같이 걸었고 밥도 같이 먹었다. 다른 회원의 배려로 그날 밤 잠도 같은 방에서 잤다.

"언니는 어떻게 유방암인 거 알게 됐어요? 식구 중에 유방암 환자가 있었어요?"

"어?"

좀 당황스러웠다. 숨길 일도 아니지만 그렇다고 내 가족사를 미주알고주알 그것도 처음 보는 사람에게 말한다는 것이 좀 내키지 않았다.

"저는 고모가 유방암이었어요. 그 고모의 딸 중 한 명도 유방암이었고요. 그 사촌 언니가 언니랑 동갑이에요."

"그래?"

"집안에 유방암 환자가 있었지만 엄마는 괜찮으셨으니까 설마 내가 걸리겠나 싶었어요. 아버지가 문제가 될 거라고는 생각도 못했는데. 언니, 혹시 유전성 유방암이라고 들어봤어요?"

머리를 말리고 있던 나는 드라이어 바람 소리 때문에 잘 못 들은 줄 알았다.

"뭐라고 했어?"

"유전성 유방암이요."

한 가지 생각에 오래 집중하면 헛소리가 들릴 수도 있겠구나 싶었다. 그런데 아니었다. 그녀는 정확히 유전성 유방암이라고 말하고 있었다. 심장이 두근거렸다.

유전성 유방암에 대한 정보

유전성 유방암은 일반인들에게는 여전히 생소한 질환입니다. 누구에게 물어봐야 하는지, 어느 곳에서 유전성 유방암에 대한 정보를 제대로 얻을 수 있는지에 대한 정보조차 부족한 실정입니다. 아래 사이트에서 유용한 유전성 유방암 정보를 얻을 수 있습니다.

www.kohbra.kr

'한국인 유전성 유방암 연구' 홈페이지로 유전성 유방암에 대한 모든 정보를 총망라한 공간입니다. 한국인 유전성 유방암 연구는 한국유방암학회 주관으로 100여 명의 연구자가 모여 진행하고 있는 다기관 공동 연구 단체(총괄연구책임자: 김성원 박사)로 한국인의 특이한 유전성 유방암 데이터를 창출, 이를 연구 결과로 증명해내고 있습니다.

카카오톡 유방암 상담실

카카오톡 플러스 친구에서 '대림성모병원 행복한 유방센터'를 찾아 친구가 되면, 카카오톡을 통해서 김성원 박사와 실시간 채팅을 통해서 답변을 들을 수 있습니다.

13장

나와 가족을 위한 선택 유전자 검사

왜 그 말에 그렇게 심장이 두근거렸는지 모르겠다. 아주 짧은 순간이었지만 모른 척을 해야 하나? 아니면 안다고 말을 해야 하나 망설였던 것 같다. 처음 보는 내게 뭘 믿고 이런 어마어마한 정보를 흘리나 의아해하면서 지호 엄마를 내려다보았다. 방바닥에 깔린 이불 속에서 얼굴만 내민 채 커다란 눈으로 나를 올려다보고 있는 그녀를 보자 마음의 빗장이 풀려버렸다. 그녀에게는 사람을 무장해제 시키는 알 수 없는 힘이 있는 것 같았다.

"나 사실은 좀 놀랬어."

"왜요, 언니?"

"우리 집안에도 유방암 환자가 많아. 나를 포함해 모두 세 명이야."

"어머, 정말요?"

"엄마는 유방암으로 돌아가셨고, 언니도 유방암이랑 난소암이었어. 언니도 지금은 이 세상 사람 아니고."

"아, 그랬구나. 언니는 정말 신경 많이 쓰면서 살았겠어요."

"응 아무래도 그랬지."

"그럼 언니도 유전자 검사를 받은 거예요?"

"아니, 아직 못 받았어. 사실 어제 유전 상담을 받고 검사를 할 계획이었는데 막상 설명을 자세하게 듣고 나니까 생각이 많아져서 바로 못 하겠더라고. 오늘 여행 오면서 생각 좀 정리하고 기회가 된다면 나처럼 가족력 있는 사람을 만나서 얘기를 들어봤으면 좋겠다 싶었는데."

"그런데 제가 언니 앞에 딱 나타난 거군요. 왠지 언니한테 맘이 쓰이더라니!"

환우회 모임 첫날부터 오늘까지 우리의 만남이 우연 같지가 않아서 신기했다.

"언니, 우리 집에서 제가 유전자 검사를 처음 받았거든요. 왜 결과 나오면 가족들 검사 권유하잖아요. 아무래도 아빠 쪽에 유방암이 있으니까 아버지가 저 다음으로 검사를 받으셨는데 어땠는지 알아요?”

그녀의 아버지에게서 유전자의 돌연변이가 확인되었고, 다른 암이 있는지 확인하는 과정에서 전립선암이 우연히 발견되어 수술까지 받으셨다고 했다.

“가족들이 저 때문에 한 번, 아버지 때문에 두 번 놀랐죠. 그리고 난 후 오빠랑 남동생도 검사를 다 받았어요. 남자라고 예외는 아니라는데, 정말 다행히 남동생이랑 오빠는 괜찮았어요.”

“그런 일도 있네.”

“그 검사 아니었으면 우리 아버지, 어휴 생각하기도 싫어요. 그러니까 언니, 고민하지 말고 검사받아요. 검사 안 받으면 언니 맘이 편할 것 같아요? 아마 더 불안할걸요. 이런 게 있는지 몰랐으면 모를까, 이미 다 알아버렸는데 계속 신경 쓰일 것 같지 않아요? 제 생각에는 차라리 제대로 알고 대처하는 것이 더 현명한 것 같아요. 물론 저도 처음엔 좀 혼란스럽고 힘들었죠. 그런데 돌이켜 보면 참 잘한 일 같아요.”

내가 무언가 놓치고 있는 것인지 모른다는 생각이 들었다. 나에게 가장 중요한 것은 가족과 내 건강이었기에, 나의 결론은 의외로 간단했다.

슬픔은 나눌 때 반이 된다

암이라는 긴 터널을 지날 때 가족만큼이나 큰 의지가 되는 것이 나와 같은 상황에 처해 있는 사람들과의 교류입니다. 가족에게 털어놓지 못하는 이야기들, 암을 직접 겪지 않고서는 절대 공감할 수 없는 부분들에 대해서 긴 설명 없이도 이해받고 나눌 수 있기 때문입니다.

혼자 외롭게 싸우지 말고 치료받고 있는 사람들이 모인 병원의 환우회나 지역사회에서 활발하게 활동하는 유방암 환우회를 찾아 함께 활동하십시오. 친목 이상의 무언가를 얻게 될 것입니다.

14장

몸에 좋은 약도 과하면 독이 된다

항암치료는 걱정했던 것보다는 수월하게 지나가고 있었다. 1차 항암 전날은 가위가 눌릴 정도로 긴장했었다. 지금 생각해 보면 웃음이 난다. 요즘 같은 시대에 저승사자가 나오는 흑백 꿈을 꾸며 가위에 눌렸으니 말이다.

매슥거림과 구토는 항암치료에서는 빠지지 않는 단골이었고, 나 역시 예외는 아니었다. 주사를 맞고 나면 입안에서 올라오는 약 냄새 때문인지 일주일 정도는 고역이었다. 회차를 거듭할수록 심해져서 힘들다는 주변의 얘기도 있었지만 나는 어느덧 익숙해져 버렸다. 그래도 다행이었던 건 일주일이 지나가면 다음

주사 때까지는 먹고 싶은 것도 생기고, 기운도 나서 집안일도 하고 핑크도 챙길 수 있게 되었다.

'이 또한 다 지나가리라.'

이 말은 정말 진리인 듯하다. 모든 것이 시간에 달려 있었다.

평소 회를 좋아하는데 그걸 먹을 수 없다는 게 한 가지 힘든 점이었다.

'나 항암 끝나면 회만 먹을 거야.'

남편에게 입버릇처럼 말하기도 했다.

이제는 제법 요령이 생겨서 주사 맞으러 가기 전에는 앞으로 힘들어질 일주일을 위해 집안 청소는 기본이고, 밑반찬도 좀 만들어 놓고, 주사 맞는 시간 동안 무료함을 달래 줄 음악과 책을 미리 준비해 갈 줄도 알았다. 몸이 아프니 마음도 약해졌는지 음악 듣다 추억에 빠져 궁상맞게 눈물을 흘려서 그렇지 그것 빼고는 제법 교양 있어 보이는 암 환자라고 스스로 생각했다.

그날도 책 한 권과 핸드폰에 음악 잔뜩 담아 만반의 준비를 한 후 병원으로 향했다. 4번의 항암 치료를 마치고 5차 항암 주사를 맞기로 한 날이었다.

"요새 좀 피곤하지 않았어요?"

의사 선생님이 걱정 섞인 어조로 묻는다.

"왜요? 전 컨디션 괜찮은 것 같은데요."

"간 수치가 왜 이렇게 높죠? 뭐 좋은 거 혼자 드시는가 봐요? 홍삼, 버섯 달인 물, 뭐 이런 것들."

"저…… 홍삼을……."

모든 걸 꿰뚫어 보는 도사처럼 느껴졌다.

"내 그럴 줄 알았어요. 항암치료 약 때문에 성숙 씨 간이 그렇지 않아도 힘들어하고 있는데 홍삼까지 먹게 되면 간이 기절하는 거죠. 오늘부터 끊으세요. 이런 분들이 의외로 많아요. 끊으면 바로 좋아질 테니까 너무 걱정하지는 마시고요."

금산에 사는 시댁 고모님께서 근처 농장에서 손수 구해서 가져다주신 거라 정성껏 먹었는데 그게 문제가 되었다.

나는 심지어 몸이 좋아지고 있다고 느꼈는데, 나의 간은 항암제에 홍삼 진액까지 버거웠던 모양이다. 우선 홍삼을 끊고 일주일 후에 혈액검사로 수치가 정상이 되는지 확인해야 한다는 처방이었다.

예기치 않게 받은 휴가였다. 지금이니 휴가라고 표현할 수 있지, 그날 수치가 높다는 말을 들은 후로 갑자기 피곤해져서 삼일을 앓아누웠다. 그때는 항암치료가 내가 잡을 수 있는 유일한 지푸라기였기 때문에 그 치료를 일주일 미룬다는 것은 마치 내 명을 재촉하는 것과도 같은 느낌이었다. 그래서 무섭고 긴장을 했던 모양이다. 몸이 생각의 지배를 받는 아주 좋지 않은 예였다.

휴가는 예상보다 길어졌지만 삼 주 후 수치는 정상화되었고, 그 이후로는 큰 문제 없이 항암치료를 마칠 수 있었다.

무엇을 먹어야 항암치료에 도움이 될까?

유방암의 예방이나 항암치료에 특별히 도움이 되는 음식은 없습니다. 탄 고기라든지, 고지방, 고칼로리의 음식, 음주, 흡연 등 누가 봐도 좋지 않은 음식과 나쁜 생활습관을 멀리하는 것이 중요합니다. 무엇보다도 항암치료 중에는 면역체계가 약해져 있는 상태이므로 조리되지 않은 생선이나 고기는 삼가고, 간에 부담을 줄 만한 농축된 환이나 엑기스는 피하는 것이 좋습니다.

평소 본인이 맛있게 즐겨 먹는 음식, 어느 한 쪽으로 지나치게 치우치지 않은 균형 잡힌 식단이면 충분합니다. 또한 한 가지 음식(특정한 차나 즙)을 매일 같이 장기간 복용하는 것도 별 도움이 되지 않을 뿐만 아니라 오히려 건강을 해칠 수도 있습니다.

15장

암중모색, 암 투병 속에서 건진 희망

수술이 끝난 후 얼마가 지난 후에는 가까운 거리는 운전도 가능했다. 오랜만에 핑크를 학교에 데려다주고 싶었다. 충분히 걸을 수 있는 거리지만 머리에 두건 쓴 엄마가 창피할 수도 있겠다 싶어 차로 데려다주고 돌아오는 길이었다.

병원에서 전화가 왔다. 유전자 검사 결과가 나왔으니 편한 시간에 결과를 들으러 오라는 연락이었다. 돌연변이가 나올 거라고 생각하고 있던 나와 달리 남편은 내심 긍정적인 결과를 기대하고 있었다. 내가 받을 충격보다 남편의 실망이 더 걱정되었다.

"나 혼자 가서 듣고 올게."

"아니야 같이 가. 나도 궁금해. 잠깐 가서 결과 듣고 출근하면 되는데 뭐."

걱정 반 부담 반 엇갈리는 심정을 억누르며 남편과 함께 진료실로 들어갔다.

"잘 지내셨나요? 두건도 참 잘 어울리네요."

머리카락 없는 나를 위로하려고 하는 말인 줄 알지만 기분이 좋다.

"감사합니다. 그럭저럭 잘 견디고 있어요."

"유전자 검사 결과가 나왔어요. 예상하셨겠지만 언니와 같은 BRCA1 유전자에 돌연변이가 있어요."

"네. 왠지 그럴 것 같았어요."

당연히 예상했던 결과였지만 내심 잡고 있던 작은 희망이 사라지는 순간, 마음이 평정심을 잃었다. 눈물이 났다. 이제 어떤 시련이 와도 놀라거나 실망하지 않을 만큼 마음이 단단해졌다고 생각했는데……. 마음이 상처받는 일에는 예방접종이라는 것이 통하지 않는 모양이었다.

"검사 전에 유전 상담받으셔서 아시겠지만 돌연변이가 있을 경우 일반적으로 세 가지 예방법이 있어요. 유방 검사를 통해서 적극적으로 유방암 발생을 감시하는 것, 약을 복용하는 것,

그리고 예방적으로 수술하는 것. 그런데 홍성숙 님처럼 에스트로겐 수용체 양성인 유방암 환자일 경우에는 두 가지가 자동으로 해결이 되죠. 타목시펜은 항암 후 처방받으시면 되고, 정기적으로 유방 검사를 받아야 하는 것은 제가 챙겨 드릴 거고요. 물론 환자분이 잘 따라 주셔야 하지만요. 한 가지 중요한 것은 돌연변이가 있으신 분들은 유방 MRI를 찍어보는 게 좋아요."

의사 선생님은 마지막으로 온전히 내 선택에 달려있는 예방적 유방, 난소 절제술의 방법과 그로 인한 득과 실에 대해 하나하나 짚어 주셨다. 한번 제거하고 나면 되돌릴 수 없기 때문에 신중하고 또 신중하게 결정해야 한다는 점을 강조했다.

오빠와 언니에 대한 유전자 검사도 다시 권유했을 뿐만 아니라 이모와 삼촌, 이종사촌들까지 모두 검사 대상이 된다고 하셨다.

"가족과 친척들에게 결과를 알리고 검사를 권유하는 것 역시 본인의 선택이에요. 누구도 강요할 수 없어요. 그러니 그 부분은 좀 신중하게 생각해 보세요."

"친척이라면 어디까지를 말씀하시는 거예요?"

"돌연변이가 어머님 쪽에서 확인되었으니까요. 이모, 삼촌, 이종사촌들 그리고 그들의 자녀들이 되겠죠. 순서대로요. 예를 들어 이모에게 돌연변이가 없으면 그 자녀들은 검사를 받을 필요가 없는 거죠. 사실 한 집안 전체가 검사를 받는 경우는 흔치 않아요. 그러니까 모든 가족을 등에 업고 가야 한다는 생각은 하지 마세요. 부담스럽기만 하니까요. 검사를 권유하는 것, 거기까지가 홍성숙 씨가 할 일이지 그다음은 그 당사자들의 몫인 거예요."

"네."

"지금껏 잘 해오셨지만 건강한 식습관과 생활패턴의 변화가 가장 중요해요. 그런 부분은 의료진이 어떻게 해 드릴 수 있는 부분이 아니니까 스스로 알아서 지켜야 합니다. 앞으로 더 잘하시겠죠."

"남편분은 뭐 궁금한 거 없으세요?"

진료 시작 전부터 잔뜩 긴장한 표정을 하고 있던 남편이 무겁게 입을 열었다.

"그게, 저희 아이는 이제 어떻게 해야 할까요?"

"아직은 너무 어리니까 특별히 할 건 없어요. 엄마가 건강한 생활을 하면 아이는 그대로 따라가게 될 테니 걱정 안 하셔도 될 것 같아요. 다만 나중에 성인이 되면 그때 가서 할 일들이 있어요. 음, 저도 딸아이를 키우는 입장이다 보니 어떤 걱정이 되실지 짐작이 가요. 하지만 핑크에게는 아무 일 없겠거니 생각하세요. 지금은 건강한 생활 패턴, 말하자면 운동 열심히 하게 하고 비만 신경 쓰고…… 불필요하게 흉부 X-선 촬영은 하지 않는 게 좋습니다."

　"유전자 검사는 핑크가 스무 살이 넘으면 생각해 보자고요!"

어린아이 유전자 검사 어떻게 해야 하나?

자녀가 미성년자일 경우 돌연변이를 확인하기 위해 유전자 검사를 시행하는 것은 적절하지 않습니다. 그 이유는 BRCA 유전자의 돌연변이로 인해 어린 나이에 암이 발생할 확률이 현저히 낮기 때문입니다. 유전성 유방암과 유전자 검사 결과의 의미에 대해 이해할 수 있는 나이가 되었을 때, 적절한 유전상담을 실시하고 검사 여부를 결정하는 것이 바람직합니다.

만약 돌연변이가 있는 가계라면 사춘기 때 흉부 X-선 촬영, 비만 등은 유방암의 위험인자이므로 적극 피하는 것이 좋습니다. 청소년기의 활발한 신체활동은 유방암을 예방하는 것으로 알려져 있기에 적극 권장하는 것이 좋습니다.

16장

언니의 마지막 순간

좀 늦은 나이에 결혼한 언니와 형부는 아이 없이 인생을 즐기고 싶어 했다. 그랬던 언니가 유방암에 걸리고 난 후부터 아이를 갖고 싶다는 얘기를 자주 하곤 했었다.

"성숙아 너 기억할지 모르겠는데. 내가 고등학교 때 엄청 따라다니던 우리 학교 킹카, 얼굴도 잘생겼는데 춤도 잘 추고 노래도 잘해서 내가 엄청 좋아했었던 그 애. 내가 자기 좋아하는 걸 알고 야간 자습 시간에 캔 커피에 쪽지 꽂아서 나한테 몇 번 보내준 적이 있었거든. 그 일로 우리 좀 친해졌는데 그 애가 어느 날 나한테 사귀자는 거야. 나의 매력을 알게 된 거지."

"그때 말이야. 솔직히 사귀고 싶었는데 그렇게 되면 나중에 친구로 지낼 수 없을 것 같아서 거절했었어. 근데 그 녀석이 포기하질 않는 거야. 그러니까 그 아이가 싫어지는 거 있지! 내 사정권 안에 들어왔다고 생각하니까 매력이 없어진 거야. 그때 어린 나이였음에도 불구하고 사람 참 간사하다고 생각했었는데, 지금 내 기분이 딱 그래."

"언니, 무슨 말을 하고 싶은 거야?"

"아이 말이야. 갖고 싶다고 생각해 본 적 없었는데 아이를 못 가질 수도 있다고 생각하니까 정말 갖고 싶은 거 있지. 내가 이 세상에서 없어질 수도 있다고 생각하니까 나와 그이 닮은 아이를 낳고 싶어졌어."

"가지면 되지. 왜 그런 생각을 해? 그런데 애 없이 사는 것도 자유롭고 좋잖아."

"그런가?"

그때 언니는 항암치료를 받고 나면 아이를 갖는 것이 힘들 수도 있다는 것과 이미 멀어진 형부와의 사이를 한탄하고 있었던 건데 나는 그 사실을 알지 못했다. 아무것도 모르면서 얼마나 철없는 소리를 했는지. 아무것도 알지 못하면서 그것도 위로랍시고 했던 거다.

남편은 결국 오늘 나한테 이혼을 말했다.

마치 내가 난소암 진단받기를 기다리기라도 했던 것처럼.

언제부터 준비하고 있었던 걸까?

설마 유전자 검사 결과를 알고 난 후부터였을까?

이렇게 살다가는 우리 부부의 연이 머지않아 끝나겠구나 하는 슬픈 예감이 들곤 했지만, 이런 식으로 끝이 날 거라고는 생각지 못했다.

그때 난소 수술을 해야 했던 걸까?

나는 자기 닮은 아이 낳고 싶어 난소 수술도 미루고 힘든 시간을 견뎌 왔는데.

대체 난 혼자 뭘 한 건지. 괜한 욕심에 난소암을 자처한 꼴이 되어버렸다.

- 2006년 3월 언니의 일기

얼마 후 언니는 난소암을 진단받았고, 형부와 이혼했다.

그렇게 언니 부부는 남보다도 더한 남이 되었고, 언니의 마지막 길에 형부는 끝내 모습을 보이지 않았다.

계절이 오고 가는 것이 새삼스럽다.

눈이 시리도록 하얀 눈을 내년에는 볼 수 있을까?

두 번의 암 수술, 재발, 항암치료.

끝나지 않는 도돌이표가 내 인생 어딘가에 끼어있는 느낌이다.

- 2007년 5월 언니의 일기

얼마 만에 외출인지, 설렌다.
봄의 기운을 좀 받아보자.

- 2007년 6월 언니의 일기

나는 여기까지인가보다.
무심한 사람, 왜 이 순간에 생각이 나는 건지.

- 2007년 12월 언니의 일기

생의 끄트머리에 선 사람의 감정이라는 것을 감히 상상할 수 없지만 흔들리는 언니의 흔적에서 잠시 그 마음을 엿볼 수 있었다.

유방암 환자에게 유전자 돌연변이가 있다는 것은 어떤 의미인가?

BRCA1 또는 BRCA2 유전자의 돌연변이가 있는 유방암 환자는 그렇지 않은 유방암 환자보다 반대편 유방암 발생 위험이 4~6배 증가합니다. 일반 유방암 환자에서 반대편 유방암이 생길 확률은 10~15% 정도인데 반해, BRCA 돌연변이가 있는 유방암 환자는 평생 50~60% 정도 반대편에 유방암이 발생하게 됩니다. 그렇기 때문에 유방암 발생에 대한 적극적 감시가 필요하며, 일반적인 유방암 검진에 더해 1년 간격으로 유방 MRI 검사가 필요합니다.

더불어 난소암 발생 위험이 평생 20~40% 정도로 증가하게 되어 난소암 검진 혹은 예방적 난소절제술이 필요합니다. 유방암으로 진단된 BRCA 돌연변이 보인자가 40세 이전에 난소를 예방적으로 절제할 경우 암으로 인한 사망률이 50%가량 감소하는 것으로 알려져 있어서 적극적으로 난소절제술을 고려할 필요가 있습니다. 이뿐만 아니라 위암, 대장암, 췌장암, 전립선암(남성의 경우) 등의 위험도 일반인에 비해 3~4배 정도 더 높아지므로 이에 대한 적극적인 검진이 필요합니다.

17장

위로가 되는 사람들

머리로는 이해가 되는데 가슴으로 받아들여지지 않는 일들이 종종 있다. 멀쩡한 가슴과 난소를 제거해야 한다는 사실이 그랬다.

'그래, 돌연변이가 있어서 다시 암이 생길 확률이 높다고 하잖아? 엄마와 언니도 그래서 힘들었고. 그러니까 미리미리 제거하는 게 맞지!'

수백 번 수만 번 나 자신을 설득해 보지만 마음을 굳히기란 쉽지 않았다. 그러던 중 내 마음을 움직일 만한 만남이 있었다.

그날도 여느 날과 다름없이 준비해 간 음악을 들으며 병원

침대에 누워 주사 맞을 준비를 하고 있었다. 가만히 누워 마음의 준비를 하고 있는데 갑자기 옆자리 커튼이 빼꼼히 열리면서 쑥스러운 표정을 한 얼굴 하나가 나타났다.

"저, 혹시 성숙 선배 아니에요?"

낯이 익은 것도 같고 아닌 것도 같았다.

"누구신지……."

"선배, 저 미라에요. 머리가 이래서 잘 모르겠죠? 첼로 동아리!"

그 말이 떨어지기 무섭게 먹구름이 걷힌 후 드러난 환한 달처럼 미라의 얼굴이 보이기 시작했다.

"어머, 웬일이니! 미라야, 미안해 몰라봤어. 이게 무슨 일이니. 정말 오랜만이다."

"선배!"

대학교 3학년 때다. 우연히 음대 쪽을 지나다가 강의실 밖으로 새어 나오던 첼로 소리에 매료되어 찾아 들어갔던 첼로 동아리. 그곳에서 우리의 인연은 시작되었다. 첼로에 대해서 아무것도 몰라 서툰 나에게 음대생이었던 미라는 활을 잡는 법에서부터 운지법까지 친절하게 알려주던 나의 첼로 선생님이었다. 늦은 시간까지 연습하며 우리는 무척 가까워졌고, 과 동기들보다도 더 자주 어울리게 되었다. 미라가 대학 졸업 후 독일로 유학을 가게 되었고 점차 연락이 뜸해지다가 소식이 끊겼지만 늘 마음속에 있던 동생이었다.

안타깝게도 재회의 장소가 병원이기는 했지만 13년 만에 만난 우리는 서로가 환자라는 것도 잊을 만큼 수다스러웠다.

"엄마가 난소암이었어요. 이모 두 분은 유방암이셨고요."

우리 집과 비슷한 가족력이었다.

"처음 진단받았을 때가 서른세 살이었지요. 독일에 있을 때였는데 가족력을 조사하더니 대번에 유전자 검사를 권하더라고요. 돌연변이가 나왔죠, 뭐. 왜 이런저런 예방법들 설명하잖아요. 그때만 해도 결혼 생각이 있던 때라 다른 수술은 할 수 없었고, 그냥 유방암 수술만 받았어요."

"결혼 안 했는데 당연히 그렇지. 나 같아도 그랬을 거야."

"그리고 4년 만에 반대쪽 유방암 진단을 받은 거예요. 그냥 그때 난소든 유방이든 다 잘라낼 걸 하는 후회가 들더라고요. 어차피 여태까지 결혼도 못했는데."

씁쓸하게 웃는 미라에게 뭐라고 위로를 해야 할지 몰랐다.

"처음에는 어떻게든 버텼는데 두 번이나 이런 일을 당하니까 가족들 옆에 있고 싶더라고요. 부모님도 들어오라고 하시고. 그래서 이참에 짐 싸서 한국으로 날아왔어요. 수술도 한국에서 받았고요. 언니는 어떻게 된 거예요?"

그렇게 우리는 항암제 투여가 끝났는지도 모른 채 지난 세월을 오가며 이야기를 풀어갔다.

"참 신기하네요. 대학교에서 천진난만하게 웃고 즐기던 우리가 같은 유전자 이상을 가지고 있었다니! 그래서 우리 사이에 그런 케미가 있었던 걸까요?"

"그러게, 그렇다고 생각하니 무섭다는 생각이 드네."

"그래서 난소랑 유방 제거 수술받을 거예요?"

"안 그래도 요즘 그 생각 때문에 잠이 안 올 지경이야."

"어쨌든 선배! 저 보니까 생각이 좀 바뀌지 않나요? 하하. 아이 더 가질 생각 없으면 미리 제거하는 것도 나쁘지 않을 것 같아요."

"글쎄, 그런 것 같기도 하네."

"선배, 유방암 두 번 겪는 일 진짜 사람 할 일이 아닌 것 같아요. 힘들어요."

지호 엄마도 그랬고, 미라도 그렇고 마치 신이 내게 보낸 메신저 같았다.

어쩌면 엄마와 큰언니가 나와 우리 가족을 위해 보낸 수호천사들이 아닐까 하는 생각마저 들었다.

유전자 검사 전 가계도 작성 중요

유전자 검사 전 상담 과정 중 검사 여부를 결정하는 데 가장 중요한 부분이 바로 가계도 작성입니다. 이는 환자를 중심으로 가족 구성원들의 관계와 과거 병력을 한눈에 볼 수 있도록 하나의 그림으로 정리한 것입니다. 가족 중에 유방암과 난소암, 그리고 다른 암을 과거에 진단받은 사실, 원인을 알 수 없는 사망이나 젊은 나이에 사망한 경우 등 가능한 한 많은 정보를 구체적이고 정확하게 제공하는 것이 중요합니다.

작성된 가계도를 통하여 어떤 유전성 질환을 의심해야 할지 판단하고, 검사할 특정 유전자를 선택하게 됩니다.

18장

산 넘어 산, 항암치료

장장 7개월에 걸친 항암치료가 대단원의 막을 내렸다. 고열 때문에 응급실에 실려 간 적도 있고, 밥을 먹다 토하기도 했다. 제아무리 임금님 수라상을 차려준다 해도 수저를 들 수조차 없을 정도로 식욕이 없던 날도 있었다. 그래도 결국엔 모든 항암치료 스케줄을 소화해 냈다.

물론 내가 그 끝을 순순히 받아들일 수 있었던 것은 아니다. 자라 보고 놀란 가슴 솥뚜껑 보고도 놀란다고 이미 두 명의 가족을 유방암으로 잃은 나로서는 내 몸에 찾아온 암세포를 순한 놈으로 여길 수는 없었다. 그래서였을까, 남들 받는 치료만 가지고서 완치 판정을 받는다는 게 어림 반 푼어치도 없을 것 같다는 생각이 들었다.

항암치료 2회를 남겨두고 외래에 갈 때는 물론이고, 병원에 갈 날이 아닌데도 불구하고 일부러 외래 예약을 해서 선생님을 찾아가 졸라댔다. 나한테 이런 억지스러운 면이 있을 거라고는 상상할 수조차 없던 일이다.

"선생님, 남들처럼 똑같이 해서는 뭔가 부족하지 않을까요? 이 정도로 되겠어요?"

"재발해도 항암치료는 받고 싶지 않다고 말하는 사람이 더 많은데 이렇게 말씀하시는 분은 처음이네요."

"그래요? 전 좀 다르잖아요. 다른 약이라도 좀 더 써보면 안 될까요?"

"홍성숙 씨, 불안한 마음은 이해해요. 그렇지만 이건 마치 감기로 심하게 고생했던 사람이 다시 감기에 걸릴까 봐 감기약을 끊지 못하는 것과 같아요. 감기 걸리지 않게 평소에 손발 잘 씻고 과일 야채 많이 먹고 몸 관리 잘하면 되는데 말이죠. 그렇게 했는데도 감기에 걸리면 그때 가서 증상에 따른 약을 먹으면 되고요. 암도 마찬가지라고 생각하고, 마음 편히 가지세요."

주치의 선생님 말씀이 맞다. 하지만 암과 감기를 비교할 수는 없는 일이지 않은가. 암도 감기처럼 며칠 진하게 앓고 나서 툴툴

털고 일어날 수 있는, 살다 보면 세상 사람 누구나 한 번쯤은 앓고 지나가는 그런 흔하디흔한 질환이라면 이런 걱정 따위 하지도 않았을 것이다.

'그래, 8번이나 맞은 그 독한 항암제에도 죽지 않고 살아남을 놈이라면 어떤 약이라도 소용없을 것이고, 순한 놈이라면 항암제를 맞지 않는다 해도 나와 잘 지내볼 수 있지 않을까?'

내 의지와 상관없이 누군가에게 내 생명을 내맡기는 것 같아 꽤나 불편한 마음이었지만 수많은 시험을 통해 정해졌을 그 적당한 횟수라는 것을 믿어보기로 했다. 내가 불운한 통계 수치에 들지 않기를 바라면서 말이다.

마음먹은 이상 나는 최대한 환자가 아닌 것처럼 지내야 했다. 그러나 아직 자라지 않은 머리, 항암 후 부쩍 늘어난 체중 때문에 뭘 입어도, 뭘 해도 자신감이 없었다. 외출이라도 하는 날엔 안쓰러움을 한가득 담은 사람들의 시선을 견뎌야 할 때도 있었지만, 붙박이장처럼 집에만 갇힌 채 우울함에 빠져 있는 것보다는 훨씬 나았다. 가끔 언니와 집 근처를 산책 후 카페에 들러 책도 읽고 수다도 떨었다.

"언니, 멀쩡한 유방이랑 난소를 잘라내는 건 아무래도 미친 짓 같지만 나 그렇게 하려고……. 유방 재건 수술할 때 그 수술도 다 같이 할 수 있대."

"큰 결정 했다. 고민 많이 하더니 어떻게 결정 내린 거야?"

"언니, 미라 생각나지?"

대학 때 집에도 몇 번 왔던 터라 언니는 미라를 쉽게 기억해 냈다. BRCA 보인자였던 미라가 양쪽 다 유방암 수술을 받았다는 이야기를 하는 내내 언니는 근심에 찬 표정으로 듣고만 있었다. 언니도 유전상담을 받은 적이 있던 터라 많은 고민이 되는 듯했다.

"언니, 이제 고집 그만 부리고 검사받자. 벌써 우리 집안에 암 환자가 세 명째야. 더 이상 암 환자는 없었으면 좋겠어. 오빠도 다음에 한국 들어올 때 끌고 가서 상담 좀 받으라고 해야겠어."

"오빠는 남잔데?"

"기억 안 나? 선생님이 남자도 예외는 아니라고 하셨잖아!"

"그랬었나?"

"유전상담 받아보자. 내가 같이 가줄게."

사랑하는 세 사람이 차례로 유방암으로 힘들어하는 모습을 옆에서 지켜봤던 언니 속도 시커멓게 타들어 갔을 것이다. 생각은 굴뚝같지만 막상 검사를 받으러 혼자 간다는 것이 생각처럼 쉽지도 않았을 거다.

"나는 좀 더 생각해봐야겠어."

내 유전자 검사 결과가 나온 이후 언니 얼굴을 볼 때마다 검사를 받자고 설득한 지가 벌써 6개월째다. 평소 언니답지 않게 무척 긴 고민을 하고 있는 것이다. 검사는 본인의 의지가 중요하다지만 태연하게 마냥 기다릴 수만은 없는 사람이다. 다시 잃고 싶지 않은 내 피붙이기 때문이다.

건강한 난소를 잘라내도 되는지?

BRCA 돌연변이가 있는 경우 난소암에 걸릴 위험이 일반인에 비해 수십 배 이상 증가해 평생 난소암에 걸릴 위험이 20~40% 정도 됩니다. 난소암은 증상이 거의 없어 진단 시 이미 진행된 상태로 발견되는 경우가 대부분이기 때문에 예후가 좋지 않은 경우가 많습니다. 또한 경질초음파나 CA125 종양 표지자 검사를 6개월마다 하더라도 난소암을 조기에 발견하기는 쉽지 않습니다.

예방적 난소절제술은 암이 발생할 수 있는 난소와 나팔관을 제거함으로써 이런 난소암의 위험을 97% 정도 낮춰주고 동시에 유방암의 위험도 50%까지 낮춰주는 효과가 있습니다. 더불어 가장 중요한 것은 난소암과 유방암으로 인한 사망률의 감소에도 영향을 준다는 연구 결과가 있기 때문에 40세 이상의 여성이 출산을 마친 경우에 적극적으로 권장합니다. 하지만, 복막이 난소와 동일한 기원이므로 복막암의 발생 위험이 약 2~3% 정도 남아 있다는 것을 정확히 이해해야 합니다.

19장

유방 재건 수술은 상실감을 채우는 일

옷을 사러 가서 사이즈가 없거나 수선을 해야 하는 경우 나는 여간해서 구입하지 않는다. 이게 다 급한 성격 탓이다. 그 자리에서 바로 집으로 들고 들어와야 직성이 풀린다. 그것이 무엇이든 며칠을 기다려야 한다는 것은 나에게 너무 고역이다.

이런 나에게 유방 재건은 지루하기 그지없는 일이다. 어떤 수술 방법을 선택하든 여자의 가슴 모양을 제대로 갖추기까지는 상당히 긴 시간이 필요했다. 게다가 유방 재건 후 백 퍼센트 만족한다는 사람을 만나보기가 쉽지 않았다.

'없는 것보다는 낫죠.'

'양쪽 크기를 맞추는 게 어려운가 봐요. 사이즈가 틀려요.'

'그냥 너무 슬프고 속상해요.'

여성성의 상실감을 채워주는 것이 재건수술의 가장 큰 의미라고 들은 것 같은데 정녕 그 상실감을 회복해 주지 못한다면 무슨 의미가 있을까? 확실하지 않은 길을 가려니 어렵게 먹었던 마음이 흔들리기 시작했다. 그러나 애초에 내가 예방적 수술과 재건을 결심한 이유는 가족 곁에 오래 머무르고 싶었기 때문이다. 그러니 젖가슴 모양쯤은 어떻게 돼도 상관없어하다가도 한편으로는 누구보다도 예쁘게 되기를 바랐다. 머리는 빠지고, 살은 좀 쪘어도 남편에게는 여전히 잘 보이고 싶은 여자니까!

남편과 사랑을 나누고 침대 머리맡에 누워 소곤소곤 이야기를 나누던 것이 언제였는지 기억이 나지 않는다. 언제부터인가 남편은 나에게 가까이 오지 않았다. 나 역시도 남편이 옆에 오는 것이 두렵다. 예전 같지 않은 모습이라도 서로 사랑해야 하는 것이 부부 아닐까?

- 2005. 9월 언니의 일기

유방재건 수술을 하고 싶어 상담을 받았다. 여자로서의 자신감 회복을 위해서라도, 남편과의 관계 회복을 위해서라도. 그런데 아직은 때가 아니란다. 돈도, 마음의 준비도 다 되었는데 내 몸이 아직은 준비가 되어 있지 않단다.

- 2005. 8월 언니의 일기

재건 수술을 받을 수 있다는 것만으로도 나는 감사해야 했다.

그렇게 길고 지루한 여정이 시작됐다.

"만약 자가 조직을 선택하신다면 홍성숙 님은 뱃살을 이용한 수술이 적당할 것 같아요."

뱃살이 이렇게 유용하게 사용될 줄이야.

"그럼 뱃살을 떼어낸 곳은 어떻게 되는 거예요?"

"떼어낸 곳은 당겨서 봉합을 하게 돼요. 그 봉합 자리가 아무래도 상처로 남긴 하죠."

가뜩이나 유방암 수술 때문에 보기 싫게 난 상처에다가 또 하나의 큰 상처를 더 하고 싶지 않았다. 그래서 나는 자가 조직을 이용하는 수술 대신 보형물을 이용하는 수술을 선택했다. 추가적인 상처가 없는 대신 그 과정은 더 길고 지루했다.

영구적인 보형물을 넣기 전 6개월여간의 사전 작업이 필요했다. 피부를 늘리기 위해 생리식염수를 넣는 작업이었다. 어느 정도 피부가 늘어난 후에도 늘어난 피부가 자리를 잡을 때까지 2~3개월을 기다려야 했는데 원래 내 것보다 훨씬 크고 무거운 보형물을 가지고 살아간다는 게 여간 끔찍한 일이 아니었다.

여자라면 모두 더 큰 가슴에 대한 로망이 있지만 이건 정말 고역이었다.

그러나 그것이 끝은 아니었다. 몇 개월의 차이를 두고 유두를 만들고 다시 그곳에 색소를 입혀 유륜을 만드는 일까지, 말 그대로 산 넘어 산이었다. 거짓말 조금 보태서 1년이 꼬박 걸리는 긴 과정이었다. 지루한 시간과의 싸움은 그뿐만이 아니었다.

예방적 유방 절제, 유두도 없어지는가?

어떤 수술 방법을 선택하느냐에 따라 달라질 수 있으며, 수술 방법은 아래 세 가지 방법으로 나눌 수 있습니다. 예방적 수술의 경우 현재는 유두보존 유방전절제술을 가장 많이 사용하고 있습니다.

가. 유두보존 유방전절제술: 유두, 유륜 및 피부를 모두 보존하는 방법으로 유방조직만을 제거하는 방법.

나. 피부보존 유방전절제술: 유두와 유륜, 유방조직을 제거하고 피부만을 보존하는 방법.

다. 유방전절제술: 유두, 유륜을 제거하고 피부의 일부를 제거하고 봉합하는 방법.

20장

호르몬의 포로가 되다

보형물 삽입 수술을 받던 날 멀쩡한 유방과 난소를 잘라내는 이른바 예방적 유방, 난소 절제 수술을 같이 받았다. 유방의 경우 한쪽은 유방암 수술 자리에 재건 수술을, 반대쪽은 정상 유방 조직을 들어내고 남아 있는 피부 아래에 보형물을 삽입하는 수술이었다. 할리우드 여배우 앤젤리나 졸리가 받았다는 그 수술이다. 할리우드 여배우처럼 드레스를 멋들어지게 차려입고 레드 카펫 한번 밟아보지는 못할망정 같은 수술을 받는 신세라니, 쓴웃음만 나왔다.

자타 공인 가장 자신 있었던 신체의 일부분을 잃게 된다는 것에 대한 두려움 때문이었는지, 아니면 여성성의 상징이 사라지는 것에 대한 슬픔 때문이었는지는 모르겠지만 처음부터 모든 신경이 곤두섰던 것도 사실이다. 그러나 긴 시간과의 싸움 끝에 다행스럽게도 그 결과가 좋아서 모양도 크기도 마음에 들었다.

그렇게 잠시 잃어버렸던 오른쪽 가슴을 찾았다. 왼쪽 가슴은 비록 자연산 피부와 의학의 힘으로 속을 채운 합작품이었지만 말하지 않는 이상 누구도 의심하지 못할 만큼 자연스러웠다. 게다가 암에 걸릴 확률도 현저히 낮아졌다니, 그것만으로도 심리적 안정감을 찾기에 충분했다.

가슴 수술에 대한 만족도 잠시, 내게 다가온 예상치 못했던 복병은 난소를 제거한 후 찾아온 폐경 증상이었다. 물론 원래 있던 것이 없어졌으니 몸이 평소 같지 않을 것이라는 것쯤은 충분히 예상할 수 있었다. 더군다나 항암을 하면서 생리가 없어졌고 폐경 비슷한 증상들을 미리 경험해 보았기에 큰 걱정을 하지 않았는데, 이번엔 예상보다 좀 더 강했다. 항암치료로 기절했던 내 난소가 그래도 꽤 열심히 일을 하고 있었던 모양이다.

타목시펜을 복용한 후로 시작된 여러 가지 불편한 증상들에 더해 난소를 제거한 후부터는 감정 기복이 심해져 애꿎은 남편만 수난을 당했다. 열에 아홉 번을 참아주던 남편도 너무 지나치다 싶은 내 감정 표현에 얼굴을 찌푸릴 때도 있고 싫은 소리를 하기도 했다. 나는 그게 또 서운해서 더 화를 냈다. 감정 조절 하나 하지 못하는 호르몬의 포로가 되어버렸던 것이다.

'그때의 엄마도 그랬던 걸까?'

엄마가 유방암을 진단받기 전 남들보다 이른 폐경으로 힘들어한 적이 있었다. 화도 잘 내지 않으셨고, 자식들과 관련된 일이라면 만사를 제쳐두고 챙기던 분이 폐경이 찾아오고 나서 좀 달라지셨다. 반복적인 우울과 짜증, 작은 일에도 서운해하셨으며 화를 내는 일도 잦았다. 매일 안 아픈 곳이 없다며 병원을 줄기차게 다니셨고, 밤마다 발바닥에서 열이 난다며 잠을 잘 이루지 못하는 날도 많았다.

'폐경이 되면 생리도 안 하고 좋지, 왜 저렇게 짜증에 유난을 피우시나.'

나는 천하의 불효녀였던 것이다.

엄마도 어쩔 수 없었던 몸의 변화 앞에서 아빠는 무뚝뚝했고 딸들은 나긋나긋하지 않았다. 엄마는 가족 누구에게도 이해받지 못했다. 엄마가 가엾고 안쓰럽게 느껴졌다. 하지만 너무 늦은 후회다.

유방 재건 시 생길 수 있는 문제점은?

유방 재건 후 환자들이 가장 많이 호소하는 불편한 점은 유두나 유방의 감각이 수술 전과 같지 않다는 것입니다. 이는 수술 과정 중 피하 신경의 손상으로 인한 것으로 시간이 지나면서 조금씩 회복되지만 완전하지 않을 수도 있습니다. 또한 양쪽 유방이 대칭적으로 보이지 않는 경우도 있는데, 이 경우 반대편 유방에 대한 교정술이 필요할 수 있습니다. 반대편 유방의 교정에는 축소술, 거상술, 확대술 등의 방법이 쓰입니다.

수술에는 통증, 감염, 출혈 등의 위험이 항상 뒤따르며 유방 재건 수술도 마찬가지입니다. 여기에 보형물을 이용하여 수술하는 경우에는 보형물 주변으로 피막이 과도하게 생성되어 딱딱해지는 구형 구축과 보형물이 원래 자리를 벗어나 이동하는 경우, 보형물의 내용물이 새거나 주머니가 터지는 경우가 발생할 수 있습니다. 자가 조직을 이용하는 경우 자가 조직을 가져온 자리에 상처가 영구적으로 남게 됩니다. 아울러 혈액의 흐름이 좋지 않을 경우 이식한 조직에 괴사가 생겨 재수술을 하거나 이식한 조직을 제거해야 하는 경우가 생길 수도 있습니다. 물론, 이런 경우는 매우 드물게 발생합니다.

21장

전이되는 자매의 아픔

비가 부슬부슬 내리던 어느 날 아침이었다. 형부 전화를 받은 것은 핑크 혼자 우산 씌워 학교 보내는 것이 마음에 걸려 핑크를 학교까지 태워다주고 돌아오는 길이었다.

"형부, 아침부터 무슨 일이세요?"

"처제, 오늘 점심시간 좀 괜찮아?"

"네, 별일 없기는 한데. 무슨 일 있으세요?"

"아니, 일은 무슨 일. 처제 치료받는다고 오랫동안 얼굴도 못 봤잖아. 맛있는 점심 한 끼 사주고 싶어서. 얼굴도 좀 보고. 언니한테는 얘기하지 말고 11시 30분까지 회사 근처로 좀 나올 수 있겠어? 우리 둘이 맛있는 거 먹자!"

내가 다른 암도 아닌 유방암으로 수술을 받았다고 하니 누구보다 마음 아파했던 분이다. 그러면서도 병문안 오는 것이 무척 조심스럽다고 했다던 형부였다. 아무리 처제와 형부 사이일지라도 망가진 모습 보여주는 것이 환자 입장에서는 불편할 수 있을 거라고, 결혼해서 애까지 있는 40대 아저씨의 쑥스러움을 언니는 못마땅해했다. 그런 형부가 평소 같지 않게 얼굴도 좀 보고, 맛있는 점심 한 끼 먹자고 한다. 그것도 언니 모르게. 무슨 일이 있는 게 분명했다.

형부 회사 근처에 있는 약속 장소에 먼저 도착해 기다렸다. 10분쯤 앉아 있으니 형부가 들어왔다. 지난 엄마 기일에 본 후 2개월여 만이었다. 워낙 호리호리한 형부지만 오늘따라 키가 더 커 보였다. 어딘지 모르게 좀 핼쑥해 보이는 탓인 것 같았다.

"힘든데 나오라고 한 거 아니야?"

"아니에요. 이제 일상생활하는 데는 전혀 무리가 없어요. 또 이렇게 좀 활동하는 게 저한테도 좋고요. 형부 덕분에 외식도 하고 좋은데요."

"그렇다면 다행이고. 여기 회가 아주 좋아. 처제 항암치료 받는 동안 회 먹고 싶다고 노래를 불렀다며? 오늘 많이 먹어."

"우리 형부 자상도 하셔라. 그걸 또 기억하시고. 이렇게 좋은

데를 예약하셨네요. 많이 먹고 건강해질게요. 형부!"

식사가 다 끝나가도록 형부는 특별한 얘기 없이 수술과 치료 받느라 고생 많았다, 이제부터 좋은 일만 있을 거라며 위로와 용기를 주었다. 아마도 이왕 먹는 점심 마음 편히 먹게 하고 싶었을 것이다. 식사가 끝나고 과일이 나오자 형부는 출발선에 선 달리기 선수처럼 숨을 한 번 들이 내쉬더니 본론을 꺼냈다.

"사실은 요즘 언니가 좀 이상해."

"언니요?"

최근 몇 주 동안 나도 언니도 서로 연락이 없었다는 사실이 생각났다.

'나는 왜 이상하게 생각하지 않았을까?'

내가 몸이 좀 편안해졌다는 이유로 언니에게 소홀했던 것도 있다. 몸이 아플 때는 줄기차게 언니에게 SOS를 날리곤 했었는데 말이다.

"요즘 얼굴 본 지 꽤 되지 않았어?"

"네 형부, 생각해보니 그러네요. 근데, 언니가 왜요?"

"무슨 일인지 말은 안 하지만 평소 같지 않아. 처제도 알잖아. 언니가 얼마나 활동적인 사람인지. 그런데 요즘 집에만 있고, 낮에도 잠만 자나 봐. 어느 날은 보라가 울면서 전화를 했어. 엄마가 깨워도 안 일어나고, 식탁에 소주병이 두 개나 있다고.

엄마가 이상한 것 같다고.”

　나도 언니도 술을 못 마시는 사람들은 아니었다. 그러나 엄마와 큰언니가 유방암을 진단받은 후, 그리고 우리 집안에 돌연변이가 있다는 사실을 알고 난 후부터 우리는 더더욱 술을 멀리했다.

　“언니가 정말 무슨 일이 있긴 있나 보네요. 술을 다 마신 걸보니.”

　당장 머릿속에 떠오르는 특별한 일은 없었다. 다만 유전자 검사가 마음에 걸리기는 했다.

　‘혹시 유전자 검사를 받았나? 그래서 돌연변이가 나왔나?’

　‘그것도 아니면 혹시 언니도 유방암인가?’

　절대 일어나서는 안 되는 생각들이 머릿속을 스치고 지나갔다. 언니는 분명히 유전자 검사에 대해서는 좀 더 생각해 보겠노라 말했었다.

　“형부, 언니가 그런지 얼마나 됐어요?”

　“한 달 반 정도?”

　형부는 내 도움이 필요했던 거다. 평화주의자 형부는 괜한 일로 언니와 다투기 싫었고, 자신보다는 내가 그 이유를 알아보는 데 적절하다고 판단했던 것이다.

　“형부, 제가 언니 만나서 얘기해 볼게요. 별일이야 있겠어요.”

"그래, 그래야지. 처제 부탁해."

"네, 형부! 이렇게 훌륭한 점심 먹었으니 밥값은 해야죠."

가족 구성원들 죄책감 버려라

유전자 검사 결과가 양성으로 나올 경우 부모는 나쁜 유전자를 물려주었다는 죄책감으로, 자녀는 암에 대한 공포와 또 자신의 자녀에게 일어날 수 있는 문제점들로 고통을 받게 됩니다.

만약 유전자 검사 결과가 음성으로 나온다면 그 결과를 들은 본인은 안도할 수 있겠으나 사실 꼭 그런 것만은 아닙니다. 소위 '생존자 죄책감(survivor's guilt)'을 느낄 수도 있기 때문입니다.

돌연변이가 없는 가족 구성원이 자신만 살아남았다는 것에 대한 미안함 때문에 정신과적 상담이 필요한 경우가 발생할 수도 있습니다. 이럴 때 가족들 혹은 전문가의 지지가 필요합니다.

이러한 심리적 문제들의 해결에 있어 평소 가족 구성원들 간의 유대 관계가 중요한 역할을 합니다. 가족들과 결과를 공유할지에 대한 결정을 내리기 전 이러한 점을 충분히 고려하는 것이 추후 발생할 부작용을 줄이는 데 도움이 됩니다.

22장

불안은 영혼을 잠식한다

형부를 만나고 집으로 돌아오는 길에 핑크에게 문자를 보냈다. 보라 언니와 만나 학교 앞에서 같이 기다리라고 했다. 핑크와 보라를 차에 태워 그 근처에서 가장 핫하다는 분식집으로 데리고 갔다. 그리고 평소 먹고 싶었던 것들을 모두 시켜주었다.

천천히 배불리 먹고 학원으로 가라는 당부를 하고 나는 언니 집으로 향했다. 보라가 돌아오기까지 두 시간 정도의 여유가 있었다. 아이들 방해 없이 언니와 얘기를 할 요량이었다. 지상 주차장에 주차하고 내리려는데 경비실을 지나 걸어오는 언니가 보였다. 어딜 다녀오는지 금방이라도 땅속으로 꺼질 것 같이

처진 모습이었다. 손에 들린 하얀 비닐봉지가 천근은 되는 것인
양 힘겨워 보였다.

"언니!"

누군가 부르는 목소리에 이리저리 허공을 헤매던 언니의 시
선이 나를 찾아냈다. 평소 언니 같지 않은 모습이었다.

"언니, 어디 갔다 와?"

화장기 하나 없는 얼굴, 오늘따라 유난히 눈 밑 기미 주근깨
가 도드라져 보였다.

언니는 표정 없이 입술만 움직이고 있었다.

"너, 연락도 없이 무슨 일이야."

"언제는 연락하고 왔나. 얼른 들어가자 추워. 근데 그건 뭐
야?"

언니는 별거 아니라는 듯 코트 주머니에 비닐봉지를 구겨 넣
어버렸다. 얼핏 보니 약봉지 같았다. 집에 들어서자마자 나는
언니에게 분명 무슨 일이 생겼다는 것을 알아차릴 수 있었다.

아이들이 한창 자랄 때에는 치우고 돌아서면 어질러져 있는
것이 흔한 일이지만 언니 집은 안 그랬다. 항상 정갈하게 정리정
돈이 되어 있었다. 그랬던 집이 소파에 쿠션이 나뒹굴고 탁자엔
보라의 책들이 널브러져 있었다. 주방 싱크대에는 아침 먹은 그
릇이라고 하기엔 너무도 많은 양의 설거짓거리가 쌓여 있었다.

찻물을 끓이려는 언니를 잡아다 식탁 의자에 앉혔다.

"언니, 무슨 일이야. 나한테 숨길 생각하지 말고 솔직히 말해. 이 거실이랑 주방 지저분한 거며, 그 약봉지는 또 뭐야?"

"성숙아, 미안해."

예상치 못했던 대답이었다.

"미안해 성숙아. 나 정말."

"언니 왜 그래? 무슨 일인데! 그냥 언니가 평소 같지 않은 것 같아서…… 울지 마!"

미안하다는 말과 함께 언니는 눈물을 쏟아냈다. 마치 오랫동안 참고 있었던 것을 한꺼번에 쏟아내듯이.

사람이 눈물을 흘릴 때는 다 그만한 이유가 있는 법이다. 흘리는 눈물만큼 언니를 괴롭히고 있는, 그러나 나는 알지 못하는 그 어떤 감정이 녹아내리길 바라는 마음으로 조용히 옆을 지켰다. 그리고 생각했다.

'유방암은 아니다. 다행이다! 유전자 검사를 받았다 하더라도 돌연변이가 나온 것 같지도 않네. 이것도 다행이다! 그런데 왜 나한테 미안하다고 말하면서 우는 걸까!'

무슨 미스터리 추적 탐정이 된 것 같았다.

"성숙아, 사실은 나 정신과 상담 다녀왔어. 요즘 통 잠을 못 자."

"무슨 일이 있긴 있네. 무슨 일이 있기에 잠도 못 자고 정신과 상담까지 받았어?"

답답했다. 무엇보다도 언니를 어떻게 달래야 할지 몰랐다. 위로받을 줄만 알았지 역시나 누군가를 위로하는 것에 나는 여전히 서툴다.

유전자 검사 결과 언제 받아볼 수 있나?

BRCA1/2 유전자 검사는 채혈일로부터 4주 이내에 결과를 받아볼 수 있습니다. 이 두 유전자는 유전자 중에서도 꽤 큰 편에 속하고, 그 유전자의 DNA를 하나하나 풀어 이상 있는 부분을 확인해야 하므로 오랜 시간이 걸립니다. 검사 비용은 보통 150만 원 안팎입니다.

유전성 유방암의 고위험군일 경우 보험 적용을 받게 되고, 암 환자의 경우 산정 특례 혜택으로 5%만 본인이 지불하면 약 10만 원 정도의 비용이 듭니다.

유전자의 변이가 있는 가족에 대한 검사도 보험 적용을 받을 수 있어서 보통 10만 원 이내의 비용으로 유전자 검사를 할 수 있습니다. 가족 검사의 경우 BRCA1/2 유전자 전체를 검사하는 것이 아니라, 그 가족 내에서 이미 확인된 한 종류의 돌연변이를 검사하는 것이기 때문에 검사 비용도 저렴하고 시간도 1주일 정도면 충분합니다.

23장

살아남은 자의 슬픔

사건의 전말은 이랬다.

"선생님, 저 홍성숙이 언니 되는 사람이에요."

"말씀 안 하셔도 알죠. 동생이 걱정 많이 했어요. 검사를 자꾸 미루려고 한다고. 오늘 방문하신 이유는요?"

"저 검사 받으려고요. 그런데요 선생님, 제가 검사받았다는 건 동생한테는 말하지 않으셨으면 좋겠어요."

"본인이 원하지 않는다면, 저희는 당연히 그렇게 해야죠. 그런데 특별한 이유라도 있으신지요?"

"결과 나오는 거 봐서 나중에 말씀드릴게요."

나에게는 좀 더 생각해 보겠다고 말했지만, 언니는 자신을 위해서, 무엇보다 보라의 앞날을 위해서 검사를 받는 것이 옳다고 생각했단다.

"동생이 겪는 과정을 옆에서 직접 보셨고, 동생한테 이런저런 얘기를 많이 들어서 그러신지 이해를 잘 하시네요."

"서당 개 삼 년이면 풍월을 읊는다고 하잖아요."

"선무당이 사람 잡는다는 말도 아시죠? 농담입니다. 그만큼 제대로 알아야 한다는 말씀을 드리고 싶어요. 전반적인 상담 내용은 동생과 비슷하지만 언니는 동생과 전혀 다른 상황이라는 것을 인지하셔야 합니다. 암 환자가 아니잖아요. 이 검사를 통해서 돌연변이가 없는 거로 결과가 나온다면 그보다 더 좋을 수는 없을 거예요. 물론 백 퍼센트 안심할 수는 없지만 유방암에 걸릴 위험이 일반인들과 비슷하다고 보시면 돼요. 그러나 문제는 반대로 양성 결과가 나올 때인데요. 그 결과를 받아들이고, 그에 따른 후속 조치들을 결정함에 있어 소극적일 수 있어요."

"어떤 면에서요?"

"예를 들어 당장은 아무 문제가 없는 건강한 몸에 아까 말씀드렸던 예방 목적으로 난소나 가슴을 잘라낸다든지, 또 약을 복용해야 한다든지, 그런 모든 과정이 암 환자가 아니라면 가혹하게 느껴질 수 있겠지요."

"암으로 고통받는 가족을 세 명이나 지켜봤어요. 제가 어떻게 소극적일 수 있겠어요. 선생님, 돌연변이가 있다고 하면 저는 무조건 유방과 난소 수술도 받을 거예요."

언니는 혼자 가서 상담하고 검사도 받았다. 왜 그랬는지 모르겠지만 어떤 결과가 나오던 나에게 알리고 싶지는 않았다고 했다. 돌연변이라면 나에게 걱정을 보태는 꼴이 되고, 돌연변이가 아니라면 미안한 마음이 들 것 같았다고. 그렇다고 해서 차라리 돌연변이가 나왔으면 하는 생각은 들지 않았다고 했다.

"큰언니가 왜 우리에게 말을 못했는지, 그 마음이 이해가 되더라."

엄마도 같은 검사를 했다. 나에게 있는 BRCA1이라는 유전자 돌연변이는 엄마에게서 물려받은 것으로 판명되었다. 엄마와 나는 당분간은 동생들에게 알리지 않기로 했다. 그냥 그게 옳다는 생각이 들었다. 돌연변이가 있건 없건 암 걸릴 사람은 걸리고, 안 걸릴 사람은 안 걸리는 거 아닐까? 너무 운명론적인 생각일까?

동생들은 지금도 충분히 나와 엄마 때문에 힘들 텐데. 그들 마음에 짐을 더 얹어주고 싶지 않다.

- 2004년 12월 언니의 일기

돌연변이가 없다는 결과를 받은 후 언니는 괴로움이 점점 더 커졌다고 했다.

"하루하루가 너무 괴로운 거야. 너를 보러 가야 하는데 발걸음이 떨어지지 않더라. 엄마랑 큰언니랑 너는 유방암에 걸렸는데 나만 살겠다고 밥을 먹는 것도 싫고. 집은 치워서 뭐하나. 그냥 다 귀찮았어. 혼자 있는 낮에 술은 또 얼마나 마셨게. 보라 간식도 못 챙겨주고. 난 정말 여러모로 쓸모없어."

"언니! 언니라도 괜찮은 게 얼마나 감사한 일이야. 왜 그런 쓸데없는 생각을 했어. 언니가 괜찮다니 나는 오히려 마음의 짐을 덜어서 더 좋아. 그게 언니 탓이야? 엄마 탓도 아니고 누구의 탓도 아니잖아. 그냥 그렇게 태어난 걸 어떡하겠어. 그러니까 나한테 미안해하지도 말고 원래 언니 자리로 빨리 돌아와!"

가족 유전자 검사 시 전문가 상담 필수

유전자 검사에서 양성으로 나온 환자가 가족들에게 상황을 설명하는 것은 쉽지만은 않은 일입니다. 어떤 경우에는 잘못된 설명으로 검사에 대한 오해를 불러오기도 합니다. 그러므로 돌연변이 보인자는 본인의 검사 결과에 대해 간단히 가족들에게 얘기한 후 유전 상담사와의 만남을 주선하는 것이 좋습니다. 이때 가족들은 의료진과의 상담을 통해 검사 여부를 결정하게 됩니다.

유방암 환자가 아닌 사람이 BRCA1 돌연변이 양성 판정을 받았다면, 70세까지 산다고 가정했을 때 유방암에 걸릴 확률은 47~66% 정도입니다. 일반 여성이 유방암에 걸릴 확률이 3%인 것에 비하면 상당히 높은 수치입니다. 유방암 진단을 받을 경우 반대쪽 유방에 유방암을 진단받을 확률은 60% 이상이며 난소암에 걸릴 확률은 35~46%가 됩니다.

BRCA2 돌연변이가 양성일 경우, 70세까지 산다고 가정했을 때 유방암에 걸릴 확률은 40~70%이며, 유방암을 진단받고 다시 반대쪽 유방에 유방암을 진단받을 확률은 50% 정도가 됩니다. 난소암의 위험은 13~23%로 증가합니다. 돌연변이가 있다고 해서 무조건 유방암과 난소암에 걸리는 것은 아닙니다.

24장

오빠가 돌아왔다

유방암 수술과 항암치료, 그리고 재건과 예방적 수술까지 거의 2년여의 세월이 흘러가고 있었다. 아직은 좀 가늘지만 항암 전만큼 자란 머리는 가발과 두건으로부터 나를 해방시켜주었고, 언니도 예전의 언니로 돌아왔다.

아주 작은 것까지 나를 중심으로 돌아가던 신랑과 핑크의 생활도 나 없으면 아무것도 못하는 상태로 돌아왔다. 서운한 마음보다는 가족을 위해 무언가를 다시 할 수 있다는 기쁨이 더 컸다. 점점 그렇게 나는 유방암 환자에서 30대의 평범한 주부로 서서히 복귀를 하고 있었다.

엄마가 돌아가시고 7주기가 되던 2013년 겨울, 오랫동안 독일에서 지내던 오빠가 돌아왔다. 아들 없이 제사상을 받던 엄마도 행복하셨을 것이다. 이십 대 후반부터 줄곧 독일에서 공부하던 오빠에게 모교에서 교수 자리를 제안했던 것이다. 엄마 장례식에 참석하기 위해 급하게 한국에 들어왔던 적이 있었지만, 서울을 떠난 지 꼭 13년 만이다. 그동안 몇몇 학교에서 러브콜을 받기도 했지만 모두 거절했던 오빠였다. 어떤 심경의 변화로 아주 들어올 결심을 했는지 알 수 없었지만 늘 혼자 떨어져 지내던 오빠를 걱정했던 나와 언니는 마냥 즐겁기만 했다.

"어찌 되었든 오빠가 한국 오니까 우린 정말 좋다. 이제 가족같이 좀 살자! 장가도 가고."

"오자마자 또 그 소리구나. 너희들한테 정말 미안했어. 그동안 고생 많았지? 큰누나 일도 그렇고, 성숙이 큰 수술하는데 와 보지도 못하고, 오빠라고 해봐야 아무 쓸모가 없었지!"

"이제부터 잘하면 돼. 그리고 우리가 하는 말도 좀 잘 듣고."

"그래. 결혼은 좀 나중에 생각해 보고. 그 검사부터 받아보자. 너희들 받았다는 유전자 검사 말이야. 원하는 게 그거 맞지? 이번 기회에 건강검진도 같이 받아봐야겠어."

"왜! 어디 안 좋아?"

"아니, 그런 건 아니고. 강의 시작하면 따로 시간이 나지 않을 것 같아서."

우리 집안에 돌연변이가 있다는 사실을 알고 난 후 메일로, 안부 전화로 주야장천 유전자 검사에 대해 얘기했던 보람이 있었다.

한국 생활이 아직 익숙하지 않은 오빠를 위해 유전자 클리닉과 건강검진 예약을 도와주었다. 상담과 검사는 혼자서 받고 싶어 했다. 혼자 다니는 게 익숙하다고도 했다. 정말 그런 줄로만 알았다.

남성도 유방암 걸린다

남성도 유방암에 걸립니다. 남성 유방암 발병률은 여성 유방암의 1/100 정도 수준으로 전체 유방암 환자의 0.6%~3%를 차지합니다. 남성의 경우 남성 유방암 환자이거나, BRCA1/2 유전자의 돌연변이가 있는 가계의 가족 구성원일 경우 BRCA1/2 유전자 검사를 받게 됩니다. BRCA1/2 유전자 돌연변이는 성별을 구분하지 않고 50% 확률로 유전되기 때문에 남성도 예외일 수 없다는 것을 인지하는 것이 중요합니다.

BRCA 유전자 돌연변이가 있는 남성이 평생 유방암에 걸릴 확률은 5% 정도로 일반 남성의 유방암 발생률이 0.1%인 것에 비하면 상당히 높은 것을 알 수 있습니다. 또한 전립선암의 경우 그 위험이 수십 배 증가하며, 대장암과 췌장암의 위험도 증가하는 것으로 알려져 있습니다. 특히, 전립선암의 경우 BRCA 돌연변이와 관련된 경우 예후가 좋지 않습니다.

25장

암은 남녀를 가리지 않는다

아침에 핑크를 학교에 보내놓고 언니 집에 가서 김치를 담그기로 한 날이었다. 이것저것 챙겨서 집을 나서려는데 오빠에게 전화가 걸려왔다.

'유전자 검사 결과가 벌써 나오지는 않았을 텐데 어쩐 일이지?'

전화를 받았다. 특별한 일이 없는 한 전화하는 법이 없는 오빠다.

"성숙아, 오빠 수술받아야 할 것 같다."

'이건 또 무슨 마른하늘에 날벼락이란 말인가?'

뱃속 어딘가에서 뭔가 쿵, 하고 내려앉는 것만 같았다. 오빠를 공항에서 처음 보던 날, 그리고 그 후로도 몇 번 만나면서 예전보다 야위어 보인다고 생각했으면서도 대수롭지 않게 여겼던 나를 자책했다.

"오빠! 무슨 수술?"

"전립선암이래. 수술받기로 했어."

남자 형제였기 때문에 유전자 검사 결과에 대해서는 크게 걱정을 하지 않았다. 유전자 검사는 혹시 모를 하나의 확인 절차라고 생각했고, 건강검진은 오랫동안 돌보지 못한 오빠 몸에 대한 예의라고만 여겼다.

"다행히 초기래. 수술하고 관리만 잘하면 괜찮대. 너무 걱정하지 마."

건강검진 결과상 PSA라는 종양 수치가 정상보다 높아져 있었고, 비뇨기과에서 추가적인 검사를 받아보라는 소견이었단다. 전립선 조직 검사와 몇 가지 추가적인 검사를 받은 후 전립선암을 진단받기까지 혼자서 병원에 다녔던 거다. 마음이 아파져 왔다.

수술 날짜까지 다 받아 놓은 상태에서 내게 전화를 한 것이다. 남 얘기하듯 덤덤하게 얘기하고 있는 오빠 목소리 너머로 의사 선생님의 음성이 마치 혼선이 된 듯 윙윙거렸다.

"남성에게 돌연변이가 있을 경우 전립선암의 위험이 일반인들보다 좀 높죠."

유전자 검사 결과는 아직 나오지 않았지만 그 결과를 짐작할 수 있었다. 그때까지만 해도 유전자 검사를 한국에서 받았을 거라고 철석같이 믿고 있었다. 아직 미혼이었던 오빠에게 전립선암은 청천벽력 같은 일이었지만 그 충격을 받아들일 만한 여유도 없이 오빠는 수술대에 올랐다. 강의 시작을 앞둔 오빠에게는 시간적 여유도, 달리 선택의 여지도 없었기 때문이었다. 수술이 완치를 위한 최선의 방법이라면 최대한 빨리 수술을 받고 회복하는 것이 급선무였다. 시름에 빠져있는 것조차 오빠에겐 사치였다.

나중에 안 사실이지만 내가 유방암으로 수술을 받고, 우리 집안에 유전자 돌연변이가 있다는 소식을 들은 오빠는 독일 병원에서 유전자 검사를 이미 받은 상태였다. 돌연변이가 확인되었고, 돌연변이와 암의 위험성에 대한 경각심도 가지고 있었다. 그 후로 정기적인 건강 점검을 받으면서 나름대로 보인자로서 올바른 길을 걸어오고 있었다. 그러던 중 귀국 준비로 바빠지면서 검사 시기를 놓쳤던 것이다. 한국에 들어오자마자 건강검진을 받았던 이유였다.

"근데 왜 돌연변이가 있다고 말 안 했어? 유전자 클리닉은 왜 예약해달라고 한 거야? 검사도 안 받을 거면서?"

이미 돌연변이가 있다는 것을 알고 있으면서도 우리를 감쪽같이 속인 오빠가 괘씸해서 따져 물었다.

"너희들 걱정거리만 하나 더 늘게 뭐 하러! 어차피 각자 관리하면서 사는 건데."

"아, 정말! 오빠 그렇게 말할 때마다 정말 정떨어져."

"클리닉에 갔던 건 앞으로 내 주치의가 될 분 얼굴도 보고, 건강 관리에 대한 상담을 받고 싶어서였지."

"같은 병원, 같은 선생님인데!"

"같은 병원, 같은 선생님이라도 비밀 보장이 필수잖아. 정숙이 검사한 것도 넌 몰랐다면서?"

오빠가 능청을 떤다. 아마도 이번에 전립선에 문제가 없었더라면 오빠는 평생 자신에게도 돌연변이가 있다는 사실을 감추고 살았을 게 분명하다. 어려서부터 오빠는 주변에 폐 끼치는 것을 죽기보다 싫어했고, 고민이 있거나 힘든 점이 있어도 좀처럼 말하지 않는 성격이었으니까.

그러고 보니 큰언니, 작은언니, 오빠까지 성격이 다 비슷하다. 비밀쟁이들! 누가 한 뱃속에서 나온 형제 아니랄까 봐. 아무리 그래도 그렇지, 피를 나눈 가족끼리 비밀을 만드는 거 난 반대다.

남성 유방암 및 전립선암 조기진단 검진법

남성 보인자의 경우 35세부터 매월 유방 자가 검진, 6~12개월 간격으로 임상의에 의한 유방검진을 시작해야 합니다. 남성 보인자는 45세가 되면 전립선암의 조기 진단을 위한 검진으로 직장 수지 검사와 PSA 혈액검사를 시행합니다. 그 결과에 따라 일반적인 전립선암의 검진 원칙에 따른 후속 검진을 진행해야 합니다. 산발성 전립선암에 비해 BRCA 보인자에게 발생하는 전립선암의 경우 공격적인 성향을 띠며 나쁜 예후를 보이기 때문에 남자 가족 구성원이 검사에서 누락되지 않도록 해야 합니다.

*직장수지검사: 전립선질환에 대한 기초적이면서도 간단한 검사 방법으로 의사가 장갑을 끼고 항문에 손가락을 넣어 전립선의 상태를 촉진하여 이상을 확인하는 방법입니다.
*PSA(Prostate-Specific Antigen): 전립선 특이항원의 약자. 전립선암을 진단하는데 매우 민감한 종양표지자로 전립선암의 조기 진단에 매우 유용한 혈액검사입니다.

26장

가족의 소중함을 일깨워준 고통

돌이켜보면 눈시울 뜨겁고 코끝 찡하게 슬프고 힘들었던 일도 많았지만 이만큼 이겨낸 내가 자랑스럽다. 아파서 축 처져 있을 때나 힘들어서 짜증 낼 때도, 최선의 모습을 보여주면서 내 옆을 지켜주었던 사랑하는 가족과 친구들에게도 고마울 따름이다. 아플 때 의지할 곳 없었더라면 그 외로움과 서러움을 어떻게 견뎌냈을지 상상하기조차 어렵다. 그들의 노고와 헌신이 내 생명의 빛이 되어 주었다.

"얼굴 좋아 보이는데요! 불편한 곳은 없었어요?"

"어깨랑 등 쪽 좀 아픈 것 말고는 괜찮아요. 무엇보다 마음도 편안하고요."

"다행이네요. 초음파, MRI 검사 결과도 모두 정상입니다."

"아! 정말요? 선생님, 정말 감사합니다."

"혈액검사도 좋아요. 타목시펜은 잘 드시고 계시죠?

"한 번씩 깜박할 때가 있기는 하지만 열심히 챙겨 먹고 있어요."

"그래요. 지금처럼만 쭉 갑시다. 암 환자 아닌 척 사세요. 그래야 건강하고 행복해요."

병원을 나오는데 코끝이 시큰해졌다. 지난 2년을 잘 견뎌낸 나에 대한 대견함도 있었지만 여기가 끝이 아니라 앞으로도 몇 년을 아니, 어쩌면 평생을 이렇게 눈에 보이지도 않는 무언가와 힘겨루기를 하며 살아야 한다는 막막함 때문이기도 했다. 그래도 5년이 되고, 10년이 되면 막막함보다는 기쁨이 더 커질 거라는 희망을 가지며 잠시라도 이 마음을 누군가와 함께 나누고 싶어졌다.

"여보~ 나 검사 다 괜찮대!"

"그래? 괜찮대? 다행이다. 안 그래도 궁금했었는데. 당신, 정말 고생 많았어."

"당신 덕분이지 뭐."

"다음 검사는 또 언제야?"

"6개월 후에. 그때는 살 좀 빼고 보자고 하셨어."

"살? 아니 얼굴이 핼쑥한데 무슨 말이야?"

"당신 눈에만 그렇게 보이는 거야. 체중이 많이 늘긴 했어. 이제부터 당신 나한테 맛있는 거 사준다고 하지 마!"

못 먹어서 걸린 병도 아닌데 남편은 기회만 되면 맛있는 걸 사주겠다고 한다.

"그래도 오늘 같은 날은 그냥 지나치기 좀 그렇잖아."

"아니야. 괜찮아. 내가 건강한 밥상으로 준비할 테니까 일찍 들어와요."

음식 솜씨가 좋지도 않은 데다가 귀찮다는 이유로 외식을 즐겼던 나였지만 이제 내가 먹을 음식을 내 손으로 만들고 가족들과 함께 둘러앉아 함께 하는 시간이 감사하기까지 하다.

물론, 너무 큰 수업료를 지불한 셈이긴 했지만 작은 것에 감사할 줄도 알게 되었고, 내 몸을 아낄 줄도 알게 되었으니 암을 진단받은 것이 꼭 나쁜 것만은 아니라는 생각마저 들었다.

긍정의 힘? 오히려 스트레스 요인일 수 있다

'긍정의 힘'이라는 말, 정말 많이 쓰이는 말 중 하나입니다. 세상을 긍정적으로 보면 안 될 일도 가능해진다는 뜻을 담고 있다는 건 누구나 아는 사실입니다. 하지만 구체적 실천 없는 막연한 긍정은 오히려 암 치료에 부정적 영향을 줄 수도 있습니다.

일단 암 진단을 받으면 엄청난 스트레스를 받습니다. 당연히 그로 인해서 상당히 부정적인 생각들을 많이 하게 됩니다. 걱정이 많아지고 우울한 감정에 휩싸이며, 잘못되지 않을까 하는 두려움에 휩싸이게 됩니다. 이때 이런 슬픔과 두려움을 이겨내기 위해서 자신의 상태를 제대로 파악하지 못한 채 무조건 긍정적인 생각만 강요하는 것은 오히려 더 큰 스트레스로 작용할 수 있습니다. 건강한 마음을 가진 사람이라면 분명 이겨 낼 수 있습니다. 물론 유방암 진단 후 일반적인 경우보다 과도하게 우울하거나 이 시기가 오래가는 경우 전문가와의 상담이 필요합니다.

27장

부치지 못하는 편지

"오늘도 고마웠어! 사랑해!"

유방암 진단을 받은 후부터 잠들기 전 핑크와 남편을 안아주며 내가 하는 말이다. 암 때문에 그전에는 없던 버릇이 새로 생긴 것이다. 물론, 처음엔 나도 쑥스러웠고 핑크나 남편도 무척이나 어색해했었다. 그래도 이제는 다들 익숙해져서 잠들기 전 빼놓을 수 없는 우리 가족만의 의식이 되었다.

하루가 멀다 하고 터지는 사건 사고, 주변에 암으로 세상 떠난 사람은 또 얼마나 많은지. 그저 오늘도 무사히 하루를 마무리할 수 있는 것만으로도 감사한 날들이다.

오랜만에 지난 시간을 차분히 돌아볼 수 있는 마음의 여유가 생겨 큰언니를 생각한다. 언젠가는 다시 만나겠지만 내가 살아 있는 동안만큼은 언니 몫까지 사랑하며 건강하게 살아갈 것이라 다짐해 본다.

큰언니에게

"엄마, 여기 나 안고 있는 사람 누구야?"

핑크가 가족여행을 주제로 그림을 그려야 한다기에 여유롭게 앨범을 뒤적이고 있었지. 근데 갑자기 사진 한 장을 가리키며 핑크가 내게 묻는 거야.

얘가 엄마 얼굴도 몰라보나 싶어 사진을 들여다보는데, 사진 속 여자는 내가 아니라 언니였어. 야위고 힘든 표정의 언니가 어린 핑크를 안고 환한 표정으로 서 있더라. 언니는 마치 그날이 우리의 마지막 여행이란 걸 알고 있다는 듯 온 힘을 다해 웃고 있었지. 그런 언니 모습을 보고 있자니 가슴 한쪽이 너무 아프더라.

내가 그토록 힘들고 외로웠던 언니 얼굴을 보면서 아무것도 읽어내지 못한 건, 너 나 할 것 없이 힘든 시기였기 때문일 거야. 엄마와 언니가 암에 걸렸고, 그 와중에 작은언니와 내가 결혼을 했지. 엄마와 언니가 차례로 곁을 떠나는 동안에도 새 생명은 우리를 찾아왔어. 슬픔과 기쁨이 교차되는 시간 속에서 우리는 각자 삶과 죽음을 맞닥뜨리고 있었던 거지.

언니의 일기장을 처음 접한 날에도 언니의 고통보다 우리 집안에 유전자 돌연변이가 있다는 사실을 난 더 중요하게 여겼지. 애도 낳고 신랑도 있고 건강에 아무런 문제가 없었던 그때 내 입장으로는 죽었다 깨어나도 언니를 이해하지 못했을 거야. 내가 유방암 환자가 되고 나서야 비로소 일기장 행간에 남아 있는 언니의 외로움과 고통의 흔적들을 제대로 마주할 수 있게 되었지.

어려서부터 유난히 닮은 구석이 많았던 우리였잖아. 생긴 것은 물론이고 사람 많은 곳을 싫어하는 성격까지, 하다못해 우리는 생리주기까지 비슷했어. 그랬던 언니가 유방암에 난소암까지 진단을 받은 후 이혼을 당했을 때, 솔직히 내 인생도 언니처럼 될까 봐 많이 두려웠어. 핑계 같지만, 언니를 안쓰럽게 생각하면서도 언니의 아픔을 애써 외면할 수밖에 없었지.

언니를 기억할 리 없는 핑크에게 사진 속에 서 있는 사람이 누구인지, 언니가 핑크를 얼마나 예뻐해 주었는지 이야기하다가 핑크의 말을 듣고 흠칫 놀라 그만두었어.

"엄마, 큰이모 많이 보고 싶구나? 그래도 울지는 마요. 잘은 모르겠지만, 큰이모도 엄마 우는 건 좋아하지 않을 테니까."

그 어린 것이 나를 안고 위로해 주더라. 그런데 언니, 놀랍게도 그 한마디가 정말로 큰 위안이 되는 거야. 위로라는 게 그냥 진심이 담긴 한 마디, 그거면 충분한 건데. 나는 그 쉬운 말을 한 마디도 못한 채 언니와 엄마를 떠나보낸 거야. 바보같이. 언니, 정말 미안해.

핑크는 나처럼 후회 같은 거 하지 않게 요즘 핑크에게 마음껏 감정을 표현하고 있어. 이 싸움이 내 대에서 끝날지 핑크에게로 이어질지 모르겠지만, 혹여 내가 물려줄 수 있는 게 돌연변이뿐이라 하더라도 열심히 사랑하고 행복하게 살았던 엄마로 핑크에게 기억되었으면 해. 핑크 역시 그런 자세로 삶을 대할 수 있다면, 그것만으로도 아픈 유전자를 물려준 것에 대한 죄책감은 조금 덜어낼 수 있을 것 같아. 그게 바로 엄마와 언니가 온 마음을 다해 바랐던 모습이기도 하겠지.

언니, 내 마음의 상처가 다시 덧나지 않게 만들어줄 훌륭한 약은 나 자신에 대한 믿음이란 생각이 들어. 나를 믿고 기다려준 사람들에 대한 보답이기도 하겠지. 언니 덕분에 난 제2의 삶을 시작했어. 너무 늦진 않은 것 같아 참 다행이란 생각도 드네. 언니, 정말 고마워.

- 언제나 언니를 기억하고픈 막냇동생 올림.

유방암 전문의 현장 의학 소설
시시포스의 후손들

ⓒ김성원 2019

초판 1쇄 발행 2019년 8월 29일

지은이 김성원

펴낸곳 도서출판 가쎄 [제 302- 2005- 00062호]
주소 서울 용산구 이촌로 224, 609
전화 070. 7553. 1783 / 팩스 02. 749. 6911
인쇄 정민문화사

ISBN 978- 89- 93489- 87- 3 03810

값 12,800원

www.gasse.co.kr
berlin@gasse.co.kr